GRAMMAIRE
PORTUGAISE.

PARIS. — Imprimerie de RIGNOUX, rue Monsieur-le-Prince, 31.

GRAMMAIRE
PORTUGAISE

DE L.-P. SIRET,

AUGMENTÉE

D'UNE PHRASÉOLOGIE

ET DE PLUSIEURS MORCEAUX

en prose et en vers,

EXTRAITS DES ÉCRIVAINS PORTUGAIS ET FRANÇAIS LES PLUS ESTIMÉS,
AVEC LE TEXTE EN REGARD;

PAR

JOSEPH DA FONSECA,

Professeur des langues portugaise et française.

———— ◆ ————

PARIS.

LIBRAIRIE DE Ve J.-P. AILLAUD, MONLON et Ce,

**Libraires de Leurs Majestés l'Empereur du Brésil
et le Roi de Portugal,**

RUE SAINT-ANDRÉ-DES-ARTS, 47.

—

1854

PRÉFACE.

La *Grammaire portugaise* de Siret est un ou-vrage vraiment élémentaire, et par conséquent à la portée de la jeunesse. Ses définitions sont justes et ses dialogues bien écrits ; mais cela ne suffit pas aux personnes qui désirent apprendre la langue portugaise. Il fallait purger cet ouvrage des fautes typographiques qui le déparent, et l'augmenter de quelques morceaux en vers et en prose avec le texte en regard. Telle est la tâche que je me suis imposée.

Cette langue, par la facilité des conjugaisons des verbes, la simplicité des déclinaisons des noms, l'évidence des genres, facilite les moyens de l'apprendre. Il n'est pas rare de rencontrer des étrangers qui, avec de légers efforts, peuvent se mettre dans le cas de traduire facilement la prose des bons auteurs portugais ; car la syntaxe en est simple et naturelle, sans être embarrassée de ces nombreuses inversions qui se rencontrent dans les autres idiomes anciens et modernes.

1

On peut, avec cette langue, traiter toutes sortes de sujets. Les excellents ouvrages en tout genre écrits en portugais offrent la preuve de cette assertion; et quand il n'en serait pas ainsi, une langue dans laquelle on a traité l'histoire et l'épopée avec tant de majesté et d'élégance pourrait passer à juste titre pour être propre à toute espèce de composition.

NOTICE

SUR L.-P. SIRET.

Louis-Pierre Siret naquit à Évreux, département de l'Eure, de parents honnêtes, à qui une fortune bornée laissait cependant les moyens de lui donner de l'éducation et de soigner sa jeunesse. Il fut, dans son enfance, comme tous les autres, étourdi, léger, vif, inconséquent, et cette première partie de sa vie ne présente aucun trait digne de remarque ; ce fut à la fin de ses études scolastiques que l'on crut s'apercevoir d'un goût déterminé pour le travail, et surtout pour les sciences utiles.

Ses parents lui laissèrent le choix d'un état, dont les ressources et le produit lui étaient indispensablement nésaires ; il essaya de plusieurs, et ne s'attacha à aucun. Le goût des voyages le tourmentait, le désir d'aller étudier chez les nations voisines leurs mœurs et leurs coutumes agitait depuis longtemps son cœur : né observateur, il voyait d'avance les fruits nombreux qu'il recueillerait dans ses courses, et ce qui d'abord n'avait été qu'un goût peu décidé devint bientôt une passion violente qui le maîtrisa tout entier.

L.-P. Siret, conduit à Londres par une personne à qui

le rang et la fortune donnaient entrée dans les maisons les plus distinguées, s'empressa de se lier avec les artistes et les savants ; il s'attacha d'abord et particulièrement à l'étude de la langue anglaise , et ses succès furent tels que bientôt , parmi les gens qui se piquaient de parler le plus correctement , on le prenait quelquefois pour un naturel du pays. C'est alors qu'il commença la grammaire anglaise qui a fait et assuré sa réputation ; il n'en fit que la première partie , et ne la termina entièrement qu'en France , au retour de tous ses voyages.

Trois années furent consacrées à parcourir l'Allemagne et l'Italie : aucun monument des arts, aucune bibliothèque, aucun usage n'échappa à ses regards observateurs; mais l'étude des langues et de la musique l'attacha plus particulièrement , il voulut connaître l'italien comme il savait l'anglais. La différence des dialectes, celle de la prononciation dans tel ou tel pays de l'Italie, ne le rebutèrent point ; il les compara entre elles, il fit des rapprochements, et il conçut enfin le projet d'une grammaire simple et facile au moyen de laquelle il éviterait à ceux qui voudraient se livrer à l'étude de la langue italienne les difficultés qui le plus souvent les en éloignent.

Sa *Grammaire portugaise,* que nous publions, est le seul ouvrage qui fut terminé.

Il consacrait ses soirées à ses amis, et c'est en causant avec eux qu'il fit, sans s'en apercevoir, la grammaire an-

glaise. Chaque jour il écrivait une leçon pour un ami, et quand celui-ci sut la langue, il présenta à Siret les feuilles détachées qu'il avait eu soin de recueillir, et fort de ses succès, assuré par l'expérience que cette méthode réussirait pour tous, il engagea son aimable maître à les revoir et à les donner au public. On sait comment cette grammaire fut accueillie, on sait qu'elle est et sera la meilleure de toutes.

Le premier ouvrage que Siret termina dans sa retraite fut sa méthode italienne. Calquée sur les mêmes bases que la grammaire anglaise, elle réunit au mérite rare de la brièveté celui de la clarté. Elle vit le jour en 1797, et les professeurs les plus instruits la préférèrent à celles qui avaient paru jusqu'alors. Si elle n'a point encore été généralement adoptée, c'est que la force de l'habitude et des préjugés est trop puissante sur certains hommes ; c'est qu'accoutumés aux grammaires d'Alberti, de Veneroni, les maîtres d'un mérite ordinaire ont craint d'avoir à travailler, d'être forcés eux-mêmes d'étudier avant d'enseigner à leurs élèves. Cette erreur grossière, dans laquelle nous savons que plusieurs sont tombés, se dissiperait bien vite s'ils voulaient seulement se donner la peine de lire l'ouvrage de Siret et de le comparer à ceux dont ils se servent tous les jours.

Aux connaissances profondes qui caractérisent le philosophe, l'homme de lettres et le savant, Siret réunissait

mille talents agréables, qui faisaient que, près de lui, les jours s'écoulaient sans qu'on s'en aperçût ; sa mémoire était meublée d'une foule prodigieuse d'anecdotes de tous les genres et que personne ne connaissait, qu'il racontait tantôt avec des grâces séduisantes, tantôt avec une gaieté qu'il faisait partager sans peine à la société.

GRAMMAIRE PORTUGAISE.

PREMIÈRE PARTIE,

CONTENANT

L'ANALYSE DES PREMIERS ÉLÉMENTS.

La langue portugaise peut se réduire à neuf espèces de mots, qui sont :

Le nom.	Le pronom.	La préposition.
L'adjectif.	Le verbe.	La conjonction.
Le nombre.	L'adverbe.	L'interjection.

CHAPITRE PREMIER.

Du Nom.

Le substantif portugais se décline comme le substantif français, par la médiation de certaines particules que l'on nomme articles. Il est également susceptible du masculin et du féminin, ainsi que du singulier et du pluriel. Ces variations de genre et de nombre ne sont pas uniquement désignées par l'article; on les reconnaît encore par la terminaison des mots.

De l'article.

L'article masculin est *o* pour le singulier, *os* pour le pluriel. L'article féminin est *a* au singulier, *as* au pluriel. Ils

répondent aux articles français *le, la, les*. Ils s'appliquent aux noms de la manière suivante :

EXEMPLE

d'un Nom masculin.		*d'un Nom féminin.*	
SINGULIER.		**SINGULIER.**	
Nom. *o livro,*	le livre.	Nom. *a cabeça,*	la tête.
Gén. *do livro,*	du livre.	Gén. *da cabeça,*	de la tête.
Dat. *ao* ou *o livro,*	au livre.	Dat. *á cabeça,*	à la tête.
Acc. *ao* ou *o livro,*	le livre.	Acc. *a cabeça,*	la tête.
Abl. *do livro,*	du livre.	Abl. *da cabeça;*	de la tête.
PLURIEL.		**PLURIEL.**	
Nom *os livros,*	les livres.	Nom. *as cabeças,*	les têtes.
Gén. *dos livros,*	des livres.	Gén *das cabeças,*	des têtes.
Dat. *aos* ou *os livros,*	aux livres.	Dat. *ás cabeças,*	aux têtes.
Acc. *aos* ou *os livros,*	les livres.	Acc. *as cabeças,*	les têtes.
Abl. *dos livros,*	des livres.	Abl. *das cabeças,*	des têtes.

On voit, par cet exemple, que le nominatif, le datif et l'accusatif, peuvent être exprimés par le même signe ; que le signe du génitif est commun à l'ablatif, mais que dans les noms féminins le signe du datif singulier est désigné par un accent (á), qui ne se trouve pas sur le nominatif et l'accusatif. Les noms propres ne prennent point l'article ; ils sont, comme en français, accompagnés de simples particules.

Exemple d'un nom propre.

Nominatif.	*Pedro,*	Pierre.
Génitif.	*de Pedro,*	de Pierre.
Datif.	*a Pedro,*	à Pierre.
Accusatif.	*Pedro,*	Pierre.
Ablatif.	*de Pedro,*	de Pierre.

Du genre.

1° Les noms terminés en *a* sont du même genre que ceux qu'ils expriment en français, à l'exception de *planeta*, planète ; *epigramma*, épigramme ; *cometa*, comète, qui sont du genre masculin.

2° **Ceux en** c suivent la même règle, excepté *dente*, dent; *valle*, vallée; *azeite*, huile; *meninice*, enfantillage; et quelques autres en petit nombre qui sont masculins : *ponte*, pont; *serpente*, serpent; *lebre*, lièvre; *idade*, âge; *felicidade*, bonheur; *arte*, art; *arvore*, arbre; *ave*, oiseau; *couve*, choux; *herdade*, héritage: *parede*, mur, et *rede*, filet, sont masculins en français et féminins en portugais.

3° Ceux en i sont masculins, ainsi que ceux en o; excepté *não*, vaisseau; *eiró*, anguille; *mó*, meule; *filhó*, beignet. Il en est de même de ceux en u et en i, excepté *lei*, loi, et *mãe*, mère.

4° Tous ceux en *ão* sont féminins, à l'exception des *ão* suivants : *anão*, nain; *chão*, terre; *borrão*, tache d'encre; *esquadrão*, escadron; *pão*, pain; *pião*, toupie; *papelão*, carton; *trovão*, tonnerre, etc.

5° Ceux terminés par une consonne sont très-nombreux; ils sont généralement masculins. Le vocabulaire n'en offre d'exceptés que les 28 suivants : *cal*, chaux; *ordem*, ordre; *viagem*, voyage; *virgem*, vierge; *imagem*, image; *adem*, tadorne; *colher*, cuiller; *mulher*, femme; *surdez*, surdité; *torquez*, tenailles; *vez*, fois; *flor*, fleur; *paz*, paix; *rez*, pièce de bétail; *tez*, peau; *fez*, il fit; *luz*, lumière; *cruz*, croix; *aboiz*, engin; *perdiz*, perdrix; *raiz*, racine; *codornis*, caille; *matriz*, matrice; *dôr*, douleur; *côr*, couleur; *noz*, noix; *voz*, voix; *foz*, embouchure; *selvagem*, sauvage; et *aprendiz*, apprenti, qui sont des deux genres.

Du nombre.

1° Les noms dont le singulier se termine par une des cinq voyelles, a, e, o, u, y, la plupart de ceux terminés en i, prennent is ou ns. Exemple: *thali*, baudrier, plur. *thalis* ou *thalins*; *nebri*, faucon; *nebris* ou *nebrins*; *rubi*, rubis, ou *rubins*, forment leur pluriel comme en français, par la simple addition d'une s. Exemple : *estrella*, étoile; *estrel-*

las, étoiles; *barrete, barretes,* bonnet ; *lei, leis,* loi ; *livro, livros,* livre; *mu, mus,* mulet. Ceux en *al, el, il, ol* et *ul,* changent *l* en *is.* Exemple : *hospital, hospitais,* hôpital ; *capitel, capiteis,* chapiteau ; *barril, barris,* baril; *sol, sois,* soleil; *tafiil, tafuis,* joueur.

2° Ceux terminés en *az, ez, iz, oz, uz,* ajoutent *es* à cette terminaison. Exemple: *rapaz, rapazes,* petit garçon ; *mez, mezes,* mois ; *arcabuz, arcabuzes,* arquebuze ; *algeroz, algerozes,* gouttière; *almofariz, almofarizes,* mortier ; *perdiz, perdizes,* perdrix, etc. etc. , également sans exception. Il en est de même de ceux terminés en *ar, er, ir, or, ur.* Exemple : *açucar, açucares,* sucre ; *aluguer, alugueres,* loyer; *martir, martires,* martyr ; *lavrador, lavradores,* laboureur; *catur, catures,* petit vaisseau.

3° Il n'est pas aussi facile d'indiquer le pluriel de ceux terminés en *ão* ou *ano.* Les uns changent cette terminaison en *ães,* comme *capitão, capitães,* capitaine, etc. ; les autres en *ãos,* comme *cidadão, cidadãos,* citadin, etc. ; d'autres en *ões,* comme *esquadrão, esquadrões,* escadron, etc. Tous ceux dont la terminaison *ão* est rendue en français par la terminaison *on* sont de cette dernière classe. *Conclusão,* conclusion ; *oração,* oraison ; *declinação,* déclinaison, etc. etc., font au pluriel *conclusões, declinações,* etc. etc. Pour le surplus, voyez les dictionnaires.

Des augmentatifs et des diminutifs.

Les Portugais ont la facilité d'augmenter ou de restreindre la signification de leurs noms, en y ajoutant quelques syllabes. Par exemple, de *homem,* homme, on fait *homemzarrão,* pour signifier un gros ou un grand homme ; de *tolo,* sot, nigaud, on fait *toleirão,* un grand nigaud; de *mulher,* femme, *mulherona,* grosse femme, etc. etc. En général, les augmentatifs ainsi formés sont dépressifs; ils se prennent en mauvaise part.

Les diminutifs se forment ordinairement en changeant la voyelle d'un nom en *inho* ou en *zinho* pour le masculin, en *inha* ou *zinha* pour le féminin. Exemples : *bicho*, ver, *bichinho*, petit ver; *coitado*, pauvre homme, *coitadinho*, pauvre petit homme; *mão*, main, *mãozinha*, jolie petite main; *cabeça*, tête, *cabecinha*, petite tête.

On fait plus d'usage des diminutifs que des augmentatifs : ceux-là se prennent presque toujours en bonne part; ce sont des expressions de caresse, de cajolerie, et de galanterie.

CHAPITRE II.

De l'Adjectif.

Il s'accorde en nombre et en genre avec les noms, comme en français. Le pluriel se forme comme celui des noms, et d'après les mêmes règles. Quant au genre, il se désigne par la terminaison *só*, seul, *sós*, seules.

1° Ceux en *o* changent cette voyelle en *a*, comme *são*, saine ; *douto*, savant, *douta*, savante, etc. Il n'y a d'exception que pour *máo*, mauvais, dont le féminin est *má*, méchante.

2° Ceux en *e*, en *l*, en *r*, en *az*, en *ez*, *iz*, *oz* et *uz*, sont des deux genres; tels sont : *forte*, fort; *agradavel*, agréable; *subtil*, subtil; *principal*, principal; *azul*, bleu; *melhor*, meilleur; *feliz*, heureux; *feroz*, féroce; *atroz*, cruel; *capaz*, capable; *cortez*, civil et civile. Cette règle n'est sujette à exception que pour quelques adjectifs de patrie, tels que *francez*, français; *hespanhol*, espagnol; *portuguez*, portugais, dont le féminin est en *a*; *franceza*, *espanhola*, *portugueza*, etc. etc.

3° Ceux en *m* et en *u* forment leur féminin par l'addition d'un *a*, comme *algum*, quelque, quelqu'un, *alguma*, quel-

qu'une, etc.; ou bien ils changent l'*m* en *a*, comme *bom*, bon, *boa*, bonne ; *commum*, commun, *commua*, commune, etc.; *nu*, nu, *cru*, cru, font au féminin *nua*, *crua*, etc.

4° Ceux en *em*, *im*, *om* et *um*, changent *m* en *ns* : *homem*, homme ; *rocim*, rosse ; *dom*, présent ; *jejum*, jeûne, font au pluriel *homens*, *rocins*, *dons*, *jejuns*, etc.

Du comparatif.

Il se forme comme en français, par l'addition de *mais*, plus ; *menos*, moins ; *tão*, autant.

EXEMPLES :

POSITIFS.		COMPARATIFS.	
Nobre.	Noble.	*Mais nobre.*	Plus noble.
Bello.	Beau.	*Menos bello.*	Moins beau.
Bom.	Bon.	*Tão bom.*	Aussi bon.

Le *que* français, qui suit les comparatifs, s'exprime aussi par *que* en portugais, lorsqu'il s'agit de plus ou de moins, et par *como*, lorsqu'il s'agit d'égalité.

EXEMPLES :

Mais branco que *a neve.*	Plus blanc *que* la neige.
Menos preto que *pardo.*	Moins noir *que* gris.
Tão grande como *o jardim.*	Aussi grand *que* le jardin.

Observez seulement que, quand la comparaison se fait avec un verbe, le *que* doit être précédé de la particule *do*.

EXEMPLES :

Isto é mais do que eu dizia.	C'est plus *que* je ne disais.
É menos prudente do que pa-rece.	Il est moins prudent *qu'il* ne paraît.

Cette expression ne concerne que la comparaison en plus et en moins.

On dit aussi, comme en français, *muito mais,* beaucoup plus, *muito menos,* beaucoup moins, etc.

Les quatre adjectifs suivants forment leurs comparaisons de deux manières :

Grande.	Grand.	*Mais grande* ou *maior.*	Plus grand.
Pequeno.	Petit.	*Mais pequeno* ou *menor.*	Moindre.
Ruim.	Méchant.	*Mals ruim* ou *peior.*	Pire.
Bom.	Bon.	*Mais bom* ou *melhor.*	Meilleur.

Du superlatif.

Le superlatif absolu s'exprime, comme en français, par *muito,* très-fort, beaucoup, etc., ou bien en changeant la voyelle finale de l'adjectif en *issimo* pour le masculin, *issima* pour le féminin, *issimos* et *issimas* pour le pluriel, à la manière des latins et des italiens.

EXEMPLES :

Muito bello	ou	*bellissimo.*	Très-beau.
Muito bella	ou	*bellissima.*	Très-belle.
Muito bellos	ou	*bellissimos.*	Très-beaux.
Muito bellas	ou	*bellissimas.*	Très-belles.

Le superlatif est le même dans les deux langues.

EXEMPLES :

O mais sagrado de todos, etc.	Le plus sacré de tous, etc.
Os menos ricos da cidade.	Les moins riches de la ville.

CHAPITRE III.

Du Nom de nombre.

Les nombres se divisent, comme en français, en cardinaux ou radicaux, servant à désigner la date des actes, des mois, des semaines, des jours. etc.; en ordinaux, servant à marquer l'ordre, le rang et la place des choses; en collectifs, en multiplicatifs proportionnels, etc.

1° Tableau des nombres cardinaux ou radicaux.

Um, uma.	Un, une.	Dezasete.	Dix-sept.
Dous, duas (1).	Deux.	Dezouto.	Dix-huit.
Tres.	Trois.	Dezanove.	Dix-neuf.
Quatro.	Quatre.	Vinte (2).	Vingt.
Cinco.	Cinq.	Trinta.	Trente.
Seis.	Six.	Quaranta.	Quarante.
Sete.	Sept.	Cincoènta.	Cinquante.
Outo ou oito.	Huit.	Sessenta.	Soixante.
Nove.	Neuf.	Setenta.	Soixante et dix.
Dez ou dés.	Dix.	Oitenta.	Quatre-vingts.
Onze.	Onze.	Noven'a.	Quatre-vingt-dix.
Doze.	Douze.	Cènto (3).	Cent.
Treze.	Treize.	Duzentos (4).	Deux cents.
Quatorze.	Quatorze.	Trezentos.	Trois cents.
Quinze.	Quinze.	Quatrocentos.	Quatre cents.
Desaseis ou déseseis.	Seize.	Mil.	Mille.

2° Table des nombres ordinaux.

Primeiro.	Premier.	Decimo.	Dixièmes
Segundo.	Second ou deuxième.	Undecimo ou onzeno.	Onzième.
Terceiro.	Troisième.	Duodecimo.	Douzième.
Quarto.	Quatrième.	Decimo-terceiro.	Treizième.
Quinto.	Cinquième.	Decimo-quarto.	Quatorzième.
Sexto.	Sixième.	Decimo-quinto.	Quinzième.
Setima.	Septième.	Decimo-sexto.	Seizième.
Oitavo.	Huitième.	Decimo-setimo.	Dix-septième.
Nono.	Neuvième.	Decimo-oitavo.	Dix-huitième.

(1) Les nombres depuis deux jusqu'à mille sont des deux genres.

(2) *Vinte e um, vinte uma*, vingt et un, vingt et une ; *vinte dous, vinte e duas*, vingt-deux ; *vinte e tres*, vingt-trois, etc., en ajoutant toujours *e* avant les unités.

(3) Dites également *cento e um, a*, etc., cent un, e, etc. On peut dire *um cento*, un cent : mais on ne dit pas *cento soldados*, cent soldats. Lorsque ce nombre est suivi d'un nom, il faut dire *cem : cem soldados, cem homens*, etc., cent soldats, cent hommes, etc.

(4) *Duzentos* fait au féminin *duzentas*. Il en est de même des autres centaines jusqu'à mille, et des centaines de mille jusqu'à *milhão*, million.

Decimo-nono.	Dix-neuvième.	*Septuagesimo.*	Soixante et dixième.
Vingesimo, ven- *tesimo* (1).	Vingtième.	*Octagesimo.*	Quatre - ving - tième.
Trigesimo.	Trentième.	*Nonagesimo.*	Quatre - vingt-dixième.
Quadragesimo. *quarentesimo.*	Quarantième.	*Centesimo.*	Centième.
Quinquagesimo.	Cinquantième.	*Millesimo.*	Millième.
Sexagesimo.	Soixantième.	*Ultimo.*	Dernier.

3° Les nombres *collectifs* sont ceux qui réunissent plusieurs quantités en une, comme :

Dizaine, Vingtaine, Trentaine.
Quarantaine, Centaine, etc.

4° Les *distributifs* servent à diviser un tout en ses moindres parties, comme :

Le quart, La moitié, Le tiers, etc.

5° Les *multiplicatifs* ou de proportion sont ceux-ci :

Duplicado, double; *triplicado,* triplice, ou *tres-do-brado,* triple; *quadruplo* ou *quadruplicado,* quadruple; *centuplo,* centuple; et d'autres de cette espèce qu'on trouvera dans le dictionnaire.

---

(1) Depuis vingt, on ne se sert pas du nombre cardinal comme en français, mais bien du nombre ordinal. Ainsi, au lieu de dire *vingt et unième, vingt*-deuxième, etc., il faut dire vingtième premier, vingtième second, vingtième troisième, etc., pour toutes les dizaines.

CHAPITRE IV.

Des Pronoms.

Il y en a, comme en français, de cinq sortes :

SAVOIR :

Pronoms {
personnels.
possessifs.
indicatifs.
relatifs et indicatifs.
impropres ou indéterminés.

Pronoms personnels.

SINGULIER.		PLURIEL.	
N. *Eu,*	je *ou* moi.	*Nós,*	nous.
G. *De mim,*	de moi.	*De nós,*	de nous.
D. *A mim* ou *me,*	à moi *ou* me.	*A nós* ou *nós,*	à nous *ou* nous.
Ac. *A mim* ou *me,*	moi *ou* me.	*A nós* ou *nós,*	nous.
A. *De* ou *por mim,*	de *ou* par moi.	*De* ou *por nós,*	de *ou* par vous.

SINGULIER.		PLURIEL.	
N. *Tu,*	tu *ou* toi.	*Vós,*	vous.
G. *De ti,*	de toi.	*De vós,*	de vous.
D. *A ti* ou *te,*	à toi *ou* te.	*A vós* ou *vós,*	à vous *ou* vous.
Ac. *A ti* ou *te,*	toi *ou* te.	*A vós* ou *vós,*	vous.
A. *De* ou *por ti,*	de *ou* par toi.	*De* ou *por vós,*	de *ou* par vous.

SINGULIER.		PLURIEL.	
N. *Elle,*	il *ou* lui.	*Elles,*	ils *ou* eux.
G. *D'elle,*	de lui.	*D'elles,*	d'eux.
D. *A elle* ou *lhe,*	à lui *ou* lui.	*A elles* ou *lhes,*	à eux, leur.
Ac. *A elle* ou *lhe,*	à lui *ou* le.	*A elles* ou *lhes,*	eux, les.
A. *D'elle* ou *por elle,*	de *ou* par lui.	*D'elles* ou *por elles,*	de *ou* par eux.

SINGULIER.		PLURIEL.	
N. *Ella,*	elle.	*Ellas,*	elles.
G. *D'ella* ou *de*	d'elle.	*D'ellas,*	d'elles.
ella,		*A ellas* ou *lhes,*	à elles-leur.
D. *A ella* ou *lhe,*	à elle ou le.		
Ac. *A ella* ou *lhe,*	elle ou la.	*A ellas* ou *lhes,*	elles, les.
A. *D'ella* ou *por*	de ou par elle.	*D'ellas* ou *por*	de ou par elles.
ella,		*ellas.*	

G. *De si,*	de soi, de lui, d'elle *et* d'elles mêmes.
D. *Se* ou *a si,*	se, à soi, lui, à elle, à eux *et* à elles-mêmes.
Ac. *Se* ou *a si,*	se, soi, lui *ou* elle, eux *et* elles-mêmes.
A. *De* ou *por si,*	de ou par soi, lui, elle, eux *et* elles-mêmes.

Ce pronom est appelé réfléchi et réciproque ; il n'a point de nominatif. Il sert, comme on vient de le voir, aux deux genres et aux deux nombres. On peut l'accompagner, comme en français, de l'adjectif *mesmo*, même ; mais, dans ce cas, on dira pour le féminin *mesma*, et au pluriel *mesmos* et *mesmas*.

Pronoms possessifs.

MASCULIN.	FÉMININ.					
S. *Meu,*	*minha,*	mon,	ma,	le mien,	la mienne.	à moi.
P. *Meus,*	*minhas,*	mes,		les miens,	les miennes.	
S. *Teu,*	*tua,*	ton,	ta,	le tien,	la tienne.	à toi
P. *Teus,*	*tuas,*	tes,		les tiens,	les tiennes.	
S. *Nos-o,*	*nossa,*	notre,		le nôtre,	la nôtre.	à nous.
P. *Nossos,*	*nossas,*	nos,		les nôtres.		
S. *Vosso,*	*vossa,*	votre,		le vôtre,	la vôtre.	à vous.
P. *Vossos,*	*vossas,*	vos,		les vôtres.		
S. *Seu,*	*sua,*	son, sa, le sien, la sienne et la leur.				
P. *Seus,*	*suas,*	ses, les siens, les siennes, les leur, à lui, à elle, à eux, à elles, leur.				les leur.

Ces pronoms doivent être toujours accompagnés de l'article, comme s'ils étaient des substantifs. Dites : *o meu livro,* mon livre, *os meus livros,* mes livres ; *a minha casa,* ma maison, *as minhas casas,* mes maisons, etc. etc., à moins que le nom qui suit n'exprime parenté ou alliance, car il

faut dire sans l'article, avec les simples prépositions, *meu pai*, mon père, *minha mãe*, ma mère, etc., comme en français. Dites aussi, dans tous les cas: *é o meu, o teu, o seu, o nosso, o vosso*, etc., c'est le mien, le tien, le sien, le nôtre, le vôtre, etc. etc., comme en français, sans aucune différence.

Pronoms indicatifs.

SINGULIER.

Nom. *Este,*	*esse,*	*aquelle,*	ce,	cet.
Gén. *D'este,*	*d'esse,*	*d'aquelle,*	de ce,	de cet.
Dat. *A este,*	*a esse,*	*àquelle,*	à ce,	à cet.
Acc. *Este,*	*esse,*	*aquelle,*	ce,	cet.
Ab. *D'este,*	*d'esse,*	*d'aquelle,*	de ce,	de cet.

PLURIEL.

Nom. *Estes,*	*esses,*	*aquelles,*	ces,	ceux.
Gén. *D'estes,*	*d'esses,*	*d'aquelles,*	de ces,	de ceux.
Dat. *A estes,*	*a esses,*	*àquelles,*	à ces,	à ceux.
Acc. *Estes,*	*esses,*	*aquelles,*	ces,	ceux.
Ab. *D'estes,*	*d'esses,*	*d'aquelles,*	de ces,	de ceux.

Ces trois personnes, dont la signification est la même, font au féminin *esta, essa, aquella* pour le singulier ; *estas, essas, aquellas* pour le pluriel.

Observez que la particule *de* s'élide avec eux, sans qu'il soit besoin d'apostrophe.

Este indique que l'objet auquel il se rapporte est proche à la fois de la personne qui parle et de celle à qui ou dont on parle.

Esse indique que cet objet est éloigné seulement de la personne qui parle, mais rapproché de celle à qui ou dont on parle.

Aquelle désigne, au contraire, que l'objet est éloigné de la personne qui parle, et en même temps de celle dont et à qui on parle. Ces trois personnes conviennent aux choses et aux personnes.

Les Portugais ont trois autres pronoms, qui se déclinent comme les précédents, mais qu'on peut appeler pronoms indicatifs neutres, parce qu'ils n'ont ni pluriel ni féminin; ce sont *isto*, *isso* et *aquillo*; ils correspondent aux pronoms français CECI, CELA. Ils ne conviennent qu'aux choses, et ils les indiquent de la même manière que *este*, *esse* et *aquelle*, c'est-à-dire sous les mêmes rapports de position. On dit *isto que*, *isso que*, *aquillo que*, pour exprimer CE QUI, CE QUE, parce que par ces mots on ne peut entendre que *la chose qui*, *la chose que*, etc., et que ces pronoms ne peuvent, comme nous l'avons fait observer, convenir qu'aux choses.

Au contraire, on ne se sert d'*aquelle que*, *aquella que*, *aquelles* et *aquellas*, que pour exprimer *celui*, *celle*, *ceux*, et *celles qui* ou *que*, soit qu'il s'agisse des personnes ou des choses. On ne pourrait pas dire *este* ou *esse que*, etc.

Pronoms relatifs et indicatifs.

Quem, *qui*, sert pour les personnes.

Que, *qui*, *que*, *quoi*, *quel*, *lequel*, sert pour les choses.

Ces pronoms sont de tout nombre et de tout genre.

Qual, masculin et féminin, *qui*, *quoi*, *quel*, *quelle*, *lequel*, *laquelle*,

Quaes, masculin et féminin, *quels*, *quelles*, *lesquels*, *lesquelles*,

servent aux personnes et aux choses; ils prennent, en interrogeant, *de* au génitif et à l'ablatif, *á* au datif. Leur nominatif et leur accusatif n'ont point de signe : c'est comme en français.

Quem, lorsqu'il n'est que relatif, sans interrogation, signifie *celui*, *celle qui*, etc. Exemple : *quem falla*, celui ou celle qui parle. S'il y avait *quem falla?* il faudrait traduire *qui est-ce qui parle?*

Que non interrogatif, mais simplement relatif, s'applique également aux personnes et aux choses.

EXEMPLES :

O mestre que ensina.	Le maitre qui enseigne.
A mulher que tenho.	La femme que j'ai.
As cartas que, etc.	Les lettres qui *ou* que, etc.

S'il y avait *que dizeis ?* il faudrait traduire *que dites-vous?* c'est-à-dire, *quelle chose dites-vous?* parce qu'en interrogeant, *que* ne peut se rapporter qu'aux choses.

Que est aussi une particule conjonctive, synonyme du *que* français ; comme *creio que,* etc. , je crois *que,* etc.

Sing.	*Cujo,* masc.	*Cuja,* fém.	De qui, duquel, de laquelle, dont.
Plur.	*Cujos,*	*Cujas,*	Desquels , desquelles.

Ce pronom s'emploie d'une manière toute particulière ; il prend *de* au génitif et à l'ablatif, et *a* au datif. Il précède immédiatement le nom de la personne ou de la chose auquel il se rapporte; il prend aussi et le genre et le nombre de cette personne ou de cette chose. Ceci s'entendra mieux par des exemples.

Premier exemple pour le genre masculin.

SINGULIER.

Nom. et Acc.	*O homem cujo irmão.*	L'homme dont le frère.
Gén. et Abl.	— *de cujo irmão.*	— du frère de qui.
Datif.	— *a cujo irmão.*	— au frère de qui.

PLURIEL.

Nom. et Acc.	*O homem cujos irmãos.*	L'homme dont les frères.
Gén. et Abl.	— *de cujos irmãos.*	— des frères de qui.
Datif.	— *a cujos irmãos.*	— aux frères de qui.

Second exemple, au genre féminin.

SINGULIER.

Nom. et Acc.	*O homem cuja irmã.*	L'homme dont la sœur.
Gén. et Abl.	— *de cuja irmã.*	— de la sœur de qui.
Datif.	— *a cuja irmã.*	— à la sœur de qui.

Nom. et Acc.	*O homem cujas irmãs.*	L'homme dont les sœurs.
Gén. et Abl.	— *de cujas irmãs.*	— des sœurs de qui.
Datif.	— *a cujas irmãs.*	— aux sœurs de qui.

On voit, par ces exemples, que *cujo* ne se rapporte pas, comme en français, au nom qui le précède, mais au contraire à celui qui le suit.

Il faut encore remarquer que *cujo* ne se répète pas dans les circonstances où il est suivi de plusieurs noms, même de genres et de nombres différents ; il faut, dans ces sortes de cas, le faire accorder avec le premier nom. Ainsi l'on dirait :

O homem cujo irmão e irmãs, etc., l'homme dont le frère et les sœurs, etc.; ou bien *o homem cujas irmãs e irmão*, etc., l'homme dont les sœurs et le frère, etc.

Pronoms indéterminés.

Um, uma, uns, umas, un, quelqu'un, une, quelqu'une, quelques-uns, quelques-unes.

Alguem, masculin et féminin, quelqu'un, quelqu'une. Point de pluriel.

Algum, alguma, alguns, algumas, quelque, quelques. Masculin et féminin.

Ninguem, personne. Des deux nombres et des deux genres.

Nenhum, nenhuma, nenhuns, nenhumas, aucun, aucune; aucuns, aucunes; nulle, nuls, nulles.

Cadaum, cadauma, chacun, chacune. Point de pluriel.

Cada, chaque. De tout nombre et de tout genre.

Quemquer et *qualquer*, un chacun, chacun des deux, l'un et l'autre, etc.; quiconque, etc.

NOTA. *Quemquer* n'est que pour les personnes.

EXEMPLE:

Quemquer vos dirá, quiconque vous dira; un chacun vous dira, etc. Il n'a point de pluriel. *Qualquer* fait au pluriel *quaesquer*. *Qualquer dos dous*, chacun des deux; tous les deux, etc., s'emploie également pour les personnes et pour les choses.

Todo, toda, todos, todas, tout, toute, tous, toutes.

Les pronoms indéterminés prennent, au génitif et à l'ablatif, la préposition *de*, et au datif la préposition *a*, comme en français.

CHAPITRE V.

Des Verbes.

Les verbes portugais se conjuguent comme les verbes français, par le moyen de certaines variations dans leur terminaison à l'égard des temps simples, et par la médiation des deux verbes auxiliaires *avoir* et *être* pour les temps composés. Nous commencerons par ces deux verbes.

Des Verbes auxiliaires.

Conjugaison des verbes TER *et* HAVER, *AVOIR.*

INDICATIF.

PRÉSENT ABSOLU.

Eu ténho.	*Héi.*		J'ai.
Tu téns.	*Hás.*		Tu as.
Elle tém ou	*Há.*		Il a.
Nos témos.	*Havémos* ou	*Hémos.*	Nous avons.
Vos téndes.	*Havéis* ou	*Héis.*	Vous avez.
Elles (1) *téem.*	*Hão.*		Ils ont.

(1 Je ne mettrai plus les prenoms *eu*, *tu*, etc. Il est rare qu'on les emploie, à moins que leur présence ne devienne nécessaire pour éviter quelque équivoque sur le genre de la personne dont on parle. On a vu dans le chapitre des pronoms que *ella* signifie elle, et *ellas*, elles.

IMPARFAIT *ou* PRÉSENT RELATIF.

Tinha ou	*Havia* ou	*Hia.*	J'avais.
Tinhas.	*Havias.*	*Hias.*	Tu avais.
Tinha.	*Havia.*	*Hia.*	Il avait.
Tinhamos.	*Haviamos.*	*Hiamos.*	Nous avions.
Tinheis.	*Havies.*	*Hieis.*	Vous aviez.
Tinhão.	*Havião.*	*Hião.*	Ils avaient.

PRÉTÉRIT.

Tive ou	*Hóuve.*	J'eus.
Tivêste.	*Houvêste.*	Tu eus.
Téve.	*Hóuve.*	Il eut.
Tivémos.	*Houvêmos.*	Nous eûmes.
Tivêstes.	*Houvêstes.*	Vous eûtes.
Tivêrão.	*Houvêrão.*	Ils eurent.

FUTUR.

Terêi ou	*Haverêi*	J'aurai.
Terás.	*Haverás.*	Tu auras.
Terá.	*Haverá.*	Il aura.
Terémos,	*Haverémos.*	Nous aurons.
Teréis.	*Haveréis.*	Vous aurez.
Terão.	*Haverão.*	Ils auront.

IMPÉRATIF.

Têm tû.		Aye.
Tênha êlle ou	*Hája elle.*	Qu'il ait.
Tenhámos nôs.	*Hajámos nôs.*	Ayons.
Tênde vôs.	*Havéi vôs.*	Ayez.
Ténhão êlles.	*Hájão êlles.*	Qu'ils aient.

SUBJONCTIF.

PRÉSENT.

Qué éu ténha ou	*Hája.*	Que j'aie.
tû ténhas.	*Hájas.*	Que tu aies.
êlle ténha.	*Hája.*	Qu'il ait.
nôs tenhámos.	*Hajámos.*	Que nous ayons.
vôs tenháes.	*Hajáes.*	Que vous ayez.
êlles ténhão.	*Hájão.*	Qu'ils aient.

CONDITIONNEL.

Qué éu teria ou	*Haveria.*	Que j'eusse.
tú terias.	*Haveria.*	Que tu eusses.
élle teria.	*Haveria.*	Qu'il eût.
nós teríamos.	*Haveríamos.*	Que nous eussions.
vós teríeis.	*Haveríeis.*	Que vous eussiez.
élles terião.	*Haverião.*	Qu'ils eussent.

PRÉTÉRIT.

Qué éu tivéra ou	*Qué éu houvéra.*	Que j'eusse eu.
tú tivéras.	*tú houvéras.*	Que tu eusses eu
élle tivéra.	*élle houvéra.*	Qu'il eût eu.
nós tivéramos.	*nós houvéramos.*	Que nous eussions eu.
vós tivéreis.	*vós houvéreis.*	Que vous eussiez eu.
élles tivérão.	*élles houvérão.*	Qu'ils eussent eu.

On dit aussi : *Qué éu tivésse, tú tivésses, élle tivésse, nós tivéssemos, etc.* ; ou *qué éu houvésse, tú houvésses, élle houvésse, nós houvéssemos, etc.*

FUTUR.

Sé ou *quándo*	*eú tivér* ou	*eú houvér.*	Si j'ai, etc., ou quand j'aurai, etc.
	tú tivéres.	*tú houvéres.*	
	élle tivér.	*élle houvér.*	
	nós tivérmos.	*nós houvérmos.*	
	vós tivérdes,	*vós houvérdes.*	
	élles tivérem.	*élles houvérem.*	

INFINITIF.

PRÉSENT. *Tér* ou *havér.*
PARTICIPE. *Tido, tida. Havido, havida,* eu, eue.
PASSÉ. *Tidos, tidas. Havido, as,* eus, eues.
GÉRONDIF PRÉSENT. *Téndo,* en ayant.
PASSÉ. *Téndo, tido* ou *havido,* ayant eu.

A l'égard des temps composés, servez-vous toujours du verbe *ter*, et jamais du verbe *haver*.

Ténho, tido, etc. J'ai eu, etc.
Tinha tido, etc. J'avais eu, etc. (1).

---

(1) On peut aussi exprimer ce temps par le premier prétérit du subjonctif *tivéra, tivéras, tivéra ; tivéramos, tivéreis, tivérão.* Ce sera la même chose dans tous les verbes.

Qué éu ténha tido ou *havido*, etc. Que j'ai eu, etc. (C'est le seul temps où l'on puisse se servir du participe *havido*.)

Teria tido, etc. J'aurais eu, etc.

Qué éu tivêra ou *tivésse tido*. etc. Que j'eusse eu, etc. Si j'ai eu, etc.; ou quand j'aurais eu, etc. etc.

Conjugaison des verbes SER *et* ESTAR, être.

INDICATIF.

PRÉSENT ABSOLU.

Sóu ou	*Estóu.*	Je suis.
És.	*Estás.*	Tu es.
É.	*Está.*	Il est.
Sômos.	*Estámos.*	Nous sommes.
Sóis.	*Estáis.*	Vous êtes.
São.	*Estão.*	Ils sont.

IMPARFAIT OU PRÉSENT RELATIF.

Éra ou	*Estáva.*	J'étais.
Éras.	*Estávas.*	Tu étais.
Éra.	*Estáva.*	Il était.
Éramos.	*Estávamos.*	Nous étions.
Éreis.	*Estáveis.*	Vous étiez.
Érão.	*Estávão.*	Ils étaient.

PRÉTÉRIT.

Fúi ou	*Estéve.*	Je fus.
Fôste.	*Estivéste.*	Tu fus.
Fôi.	*Estéve.*	Il fut.
Fômos.	*Estivêmos.*	Nous fûmes.
Fôstes.	*Estivéstes.*	Vous fûtes.
Fôrão.	*Estivérão.*	Ils furent.

FUTUR.

Serêi ou	*Estaréi.*	Je serai.
Serás.	*Estarás.*	Tu seras.
Será.	*Estrá.*	Il sera.
Serémos.	*Estarêmos.*	Nous serons.
Seréis.	*Estaréis.*	Vous serez.
Serão.	*Estarão.*	Ils seront.

IMPÉRATIF.

Sé ou	*Está tu.*	Sois.
Séja.	*Estéja élle.*	Qu'il soit.
Sejámos.	*Estejámos nós.*	Soyons.
Séde.	*Estái vôs.*	Soyez.
Séjão.	*Estéjão élles.*	Qu'ils soient.

SUBJONCTIF.

PRÉSENT.

Qué éu séja ou	*Qué estéja.*	Que je sois.
tú séjas	*tú estéjas.*	Que tu sois.
élle séja.	*élle estéja.*	Qu'il soit.
nôs sejámos.	*nôs estejámos.*	Que nous soyons.
vôs sejáis.	*vôs estejáis.*	Que vous soyez.
élles séjão.	*élles estéjão.*	Qu'ils soient.

CONDITIONNEL.

Serîa ou	*Estarîa.*	Je serais.
Serîas.	*Estarîas.*	Tu serais.
Serîa.	*Estarîa.*	Il serait.
Serîamos.	*Estarîamos.*	Nous serions.
Serîeis.	*Estarîeis.*	Vous seriez.
Serîão.	*Estarîão.*	Ils seraient.

PRÉTÉRIT.

Qué éu fôra ou *Qué eu fósse.*		Que je fusse.
tú fôras.	*tú fósses.*	Que tu fusses.
élle fôra.	*élle fósse.*	Qu'il fût.
nôs fôramos.	*nôs fóssemos.*	Que nous fussions.
vôs fôreis.	*vôs fósseis.*	Que vous fussiez.
élles fôrão.	*élles fóssem.*	Qu'ils fussent.

On dit aussi : *Qué éu estivéra, tú estivéras, élle estivéra, nôs estivéramos,* etc. ; ou *qué éu estivésse, estivésses, estivésse, estivéssemos,* etc.

FUTUR.

Sé ou *quándo*	*éu fôr* ou	*estivér.*	Si je suis, etc. ou quand je serai.
	tú fôres.	*estivéres.*	
	élle fôr.	*estivér.*	
	nôs fôrmos.	*estivérmos.*	
	vôs fôrdes.	*estivérdes.*	
	élles fôrem.	*estivérem.*	

INFINITIF.

PRÉSENT. *Sér* ou *estár*, être.
PARTICIPE PASSÉ. *Sido* ou *estádo*, etc., avoir été.
GÉRONDIF PRÉSENT. *Séndo* ou *estándo*, étant.
GÉRONDIF PASSÉ. *Téndo sido* ou *estádo*, ayant été.
FUTUR. *Que será*, ou *que estará*, futur ou qui sera.

Temps composés.

Ténho sido, ou *estádo*, etc., j'ai été, etc.
Tinha sido, ou *estádo*, j'avais été, ou bien *fóra, fóras*, etc.
Estivéra, estivéras, etc., comme au prétérit du subjonctif.
Qué éu ténha sido ou *estádo*, etc., que j'aie été, etc.
Teria sido, ou *estádo*, etc., j'aurais été, etc.
Qué éu tivéra ou *tivésse sido* ou *estádo*, etc., que j'eusse été, etc.
Sé ou *quándo tivér sido* ou *estádo*, etc., quand j'aurais été, etc.

Manière de former les temps simples de tous les verbes portugais.

L'infinitif de tous les verbes se termine soit en *ar*, comme *amar*, aimer, soit en *er*, comme *vender*, vendre, soit en *ir*, comme *admittir*, admettre. Vous formerez tous les temps simples de ces verbes en changeant la finale des infinitifs, conformément au tableau suivant :

Tableau général des conjugaisons.

INFINITIF.

Amár, aimer. *Amádo*, aimé. *Amándo*, en aimant.
Vendér, vendre. *Vendido*, vendu. *Vendéndo*, en vendant.
Admittir, admettre. *Admittido*, admis. *Admittindo*, en admettant.

INDICATIFS PRÉSENTS.

Amo—as—a—ámos—áis—ão. J'aime, tu aimes, il aime, etc.
Vendo—es—e—émos—éis—em. Je vends, tu vends, il vend, etc.
Admitto—es—e—tmos—ís—em. J'admets, tu admets, etc.

IMPARFAITS ou PRÉSENTS RELATIFS.

Amáva—ávas—áva—ávamos—áveis—ávão. J'aimais, tu aimais, etc.
Vendia—ias—ia—íamos—ieis—ião. Je vendais, tu vendais, etc.
Admittia—ias—ia—íamos—ieis—ião. J'admettais, tu admettais, etc.

PRÉTÉRITS.

Améi—áste—óu—ámos—ástes—árão. J'aimai, tu aimas, etc.
Vendí—éste—éo—émos—éstes—érão. Je vendis, tu vendis, etc.
Admittí—íste—ío—ímos—ísteis—írão. J'admis, tu admis, etc.

FUTURS.

Amaréi—arás—ará—arémos—aréis—arão. J'aimerai, tu aimeras, etc.
Venderéi—erás—erá—erémos—eréis—erão. Je vendrai, etc.
Admittiréi—irás—irá—irémos—iréis—irão. J'admettrai, etc.

IMPÉRATIFS.

Ama—e—émos—ái—ão. Aime, qu'il aime, aimons, aimez, etc.
Vende—a—ámos—éi—ão. Vende, qu'il vende, vendons, vendez, etc.
Admitte—a—ámos—í—ão. Admets, qu'il admette, admettons, etc.

SUBJONCTIFS PRÉSENTS.

Ame—es—e—émos—éis—em. Que j'aime, que tu aimes, qu'il aime, etc.
Venda—as—a—ámos—áis—ão. Que je vende, que tu vendes, etc.
Admitta—as—a—ámos—áis—ão. Que j'admette, que tu admettes, etc.

Amaria—arias—aria—aríamos—aríeis—arião. J'aimerais, etc.
Venderia—erias—eria—eríamos—erieis—erião. Je vendrais, etc.
Admittiria—irias—iria—iríamos—irieis—irião. J'admettrais, etc.

PRÉTÉRITS.

Am { *ára - áras - ára—áramos—áreis—árão.* *ásse—ásses—ásse—ássemos—ásseis—ássem.*	}	J'aimasse.
Ven { *déra—déras—déra—déramos—déreis—dérão.* *désse—désses—désse—déssemos—désseis—déssem.*	}	Je vendisse.
Admitt { *íra—íras—íra—íramos—íreis—írão* *ísse—ísses—ísse—íssimos—ísseis—íssem.*	}	J'admisse, etc.

FUTURS.

Amar—áres—ár—ármos—árdes—árem J'aimerai, tu aimeras, etc.
Vender—éres—ér—érmos—érdes—érem. Je vendrai, tu vendras.
Admittir—íres—ir—írmos—írdes—írem. J'admettrai, tu admettras.

OBSERVATIONS.

1º Le futur du subjonctif, qui n'existe point en français, doit être employé après les prépositions *se, si, quando,* quand, etc. C'est en raison de ces propositions qu'il est appelé subjonctif, parce qu'effectivement il est soumis à ces particules conditionnelles. Ainsi, dans ces phrases et autres semblables : Je ne sais si j'aimerai, quand je vendrai, si j'admettrai, etc., dites avec le futur subjonctif : *Eu não sei se amarei, quando vender, se admittirei,* etc.

2º Formez toujours les temps composés avec le verbe *ter,* et jamais avec le verbe *haver;* et si le verbe doit être employé passivement, servez-vous de *ser, être,* et non pas de *ter.* L'objet du premier est d'exprimer une manière d'être accidentelle et momentanée; l'objet de l'autre, au contraire, est d'exprimer l'existence naturelle, la manière habituelle d'exister. Nous parlerons plus au long de ces verbes auxiliaires, en traitant de la syntaxe.

3º Souvenez-vous que le prétérit du subjonctif se conjugue de deux manières, et que la première de ces deux manières peut servir à remplacer les temps composés de l'imparfait du verbe *ter.* Ceci est encore un objet sur lequel nous reviendrons dans la syntaxe.

Des verbes appelés irréguliers.

Ce sont ceux dont la conjugaison s'écarte du modèle général de l'article précédent; ils sont beaucoup moins nombreux en portugais qu'en français. La terminaison en *ar* n'a qu'une seule exception, celle en *er* en a neuf, et celle en *ir,* seize.

L'irrégularité de ces verbes ne frappe pas tous les temps. Nous nous bornerons à indiquer ceux qui ne sont pas conformes au modèle; ceux que nous passerons sous silence doivent être regardés comme réguliers.

1° DAR, *donner.*

INDICATIF PRÉSENT.

Dóu, dás, dá, dámos, dáis, dão. Je donne, tu donnes, il donne, etc.

PRÉTÉRIT.

Déi, déste, déu, démos, déstes, dérão. Je donnai, tu donnas, etc.

PRÉTÉRITS SUBJONCTIFS.

Déra, déras, déra, déramos, déreis, dérão.
Désse, désses, désse, déssemos, désseis, déssem. } Que je donnasse, etc.

FUTUR SUBJONCTIF.

Dér, déres, dér, dérmos, dérdes, dérem. Je donnerai, etc.

Tout le reste est régulier.

2° *Irrégulier en* ER.

INFINIT.				
Dizér.	Dire.			*Ditto.*
Fazér.	Faire.			*Féito.*
Podér.	Pouvoir.			*Podído.*
Perdér.	Perdre.	Qui font		*Perdido.*
Querér.	Vouloir.	au participe et au		*Queríto.*
Sabér.	Savoir.	gérondif régul.		*Sabído.*
Trazér.	Apporter.			*Trazído.*
Valér.	Valoir.			*Valido.*
Vér.	Voir.			*Vísto.*

INDICATIFS PRÉSENTS.

Digo, dízes, díz, dizémos, etc.   Je dis, tu dis, il dit, etc.
Fâço, fázes, fáz, fazémos, etc.   Je fais, tu fais, il fait, etc.
Pósso, pódes, póde, podémos, etc.   Je peux, tu peux, il peut, etc.
Pêrco, pérdes, pérde, perdémos, etc.   Je perds, tu perds, il perd, etc.
Quéro, quéres, quér, querémos, etc.   Je veux, tu veux, il veut, etc.

Sé, sábes, sábe, sabémos, etc.	Je sais, tu sais, il sait, etc.
Trágo, trázes, tráz, trazémos, etc.	J'apporte, tu apportes, etc.
Válho, váles, vál (1)*, valémos, etc.*	Je vaux, tu vaux, il vaut, etc.
Véjo, vés, vé, vémos, etc.	Je vois, tu vois, il voit, etc.

PRÉTÉRITS.

Disse, disséste, disse, dissémos, etc.	Je dis, tu dis, il dit, etc.
Fiz, fizéste, féz, fizémos, etc.	Je fis, tu fis, il fit, etc.
Púde, pudéste, póde, podémos, etc.	Je pus, tu pus, il put, etc.
Perdi, perdéste, perdéu, perdémos, etc.	Je perdis, tu perdis, etc.
Quîz, quizéste, quîz, quizémos, etc.	Je voulus, tu voulus, etc.
Súbe, soubéste, soúbe, soubémos, etc.	Je sus, tu sus, il sut, etc.
Trûxe, trouxéste, tróuxe, trouxémos.	J'apportai, tu apportas, etc.
Vali, valéste, vali, valémos, etc.	Je valus, tu valus, il valut, etc.
Ví, víste, vîo, vímos, etc.	Je vis, tu vis, il vit, etc.

IMPÉRATIFS.

Dize, diga, digámos, dizéi, dígão.	Dis, qu'il dise, disons, etc.
Fáze, fáça, façámos, façáis, fáção.	Fais, qu'il fasse, faisons, etc.
Pérde, pérca, percámos, perdéi, cão.	Perds, qu'il perde, perdons, etc. (2).
Quéiras, quéira, rámos, ráis, rão.	
Sábe, sáiba, saibámos, sábéi, sáibão.	Sache, qu'il sache, etc.
Tráze, trága, tragámos, trazáis, gão.	Apporte, qu'il apporte, etc. (3).
Vále, válha, valhámos, valéi, válhão.	
Vé, véja, véjámos, véde, véjão.	Vois, qu'il voit, voyons, etc.

SUBJONCTIFS.

Qué éu diga.	Que je dise.	*Qué éu sáiba.*	Que je sache.
Qué éu fáça.	Que je fasse.	*Qué éu trága.*	Que j'apporte.
Qué éu pérca.	Que je perde.	*Qué éu válha.*	Que je vaille.
Qué éu póssa.	Que je puisse.	*Qué éu véja.*	Que je voie.
Qué éu quéira.	Que je veuille.		

CONDITIONNELS.

Diría, etc.	Je dirais, etc.	*Saberia.*	Je saurais.
Faria.	Je ferais.	*Traria.*	J'apporterais.
Perdería.	Je perdrais.	*Valeria.*	Je voudrais.
Poderia.	Je pourrais.	*Veria.*	Je verrais.
Quererfa.	Je voudrais.		

(1) On peut dire aussi *vale.*
(2) Il n'y a pas d'impératif.
(3) *Idem.*

PRÉTÉRITS.

Qué éu disséra ou *dissésse*, etc.	Que je dise, etc.
Qué éu fizéra ou *fizésse*, etc.	Que je fisse, etc.
Qué éu perdéra ou *perdésse*, etc.	Que je perdisse, etc.
Qué éu podéra ou *podésse*, etc.	Que je pusse, etc.
Qué éu quizéra ou *quizésse*, etc.	Que je voulusse, etc.
Qué éu soubéra ou *soubésse*, etc.	Que je susse, etc.
Qué éu trouxéra ou *trouxésse*, etc.	Que j'apportasse, etc.
Qué éu valéra ou *valésse*, etc.	Que je valusse, etc.
Qué éu víra ou *visse*, etc.	Que je visse, etc.

FUTUR.

Sé ou *quándo dissér*, etc.	Si *ou* quand je dirai, etc.
— *fizér*, etc.	— je ferai, etc.
— *perdér*, etc.	— je perdrai, etc.
— *pudér*, etc.	— je pourrai, etc.
— *quizér*, etc.	— je voudrai, etc.
— *soubér*, etc.	— je saurai, etc.
— *trouxér*, etc.	— j'apporterai, etc.
— *valér*, etc.	— je vaudrai, etc.
— *vér*, etc.	— je verrai, etc.

OBSERVATIONS.

1° *Contrafazér*, contrefaire, *desfazér*, défaire, et *refazér*, refaire, se conjuguent comme *fazér*, dont ils sont dérivés.

Les dérivés de *vér*, tels que *antevér*, prévoir, *provér*, pourvoir (1), *revér*, revoir, etc., se conjuguent comme leur primitif *vér*. *Desdizér*, dédire, *contradizér*, contredire, se conjuguent aussi comme leur primitif *dizér*.

2° Les verbes en *gér*, comme *elegér*, choisir, qui font à la première personne du présent indicatif *eléjo*, doivent changer ce *j* en *g*, toutes les fois que la voyelle suivante est *e* ou

---

(1) Lorsque ce verbe signifie faire provision, il faut dire au présent indicatif *provéjo, provés, prové*; lorsqu'il signifie avoir soin de pourvoir à, dites : *provénho, provéis, provéem, provímos, províndes, provéem*, je pourvois, etc.

i. Ainsi il faut dire *eléges* et non *eléjes*, *elegia* et non *elejia*, etc., parce que la consonne *j* est incompatible avec *e* et *i*.

3° Ceux qui, à la même première personne, prennent un *i*, comme *leio*, je lis, perdent cet *i* dans les autres personnes et aux autres temps. Il faut conjuguer ainsi :

INDICATIF PRÉSENT. *Léio, lés, lé, lémos, lédes, léem.* Je lis, etc.
IMPARFAIT. *Lía, llas,* etc. Je lisais, et non *léia*, etc.
PRÉTÉRIT. *Lî, léstes,* etc. Je lus.
IMPÉRATIF. *Lé tú, léia elle, leidmos nôs, léde vôs, léião elles.* Lis, qu'il lise, etc.
SUBJONCTIF. *Qué éu léia, léias, léia,* etc. Que je lise, etc.

Le verbe *crer*, croire, fait à la troisième personne du présent indicatif *creio*, je crois ; il doit donc être conjugué comme ci-dessus.

Irréguliers en IR.

INFINITIF. *Ir*, aller, *índo*, allant, *ído*, allé.
INDICATIF PRÉSENT. *Vóu, vás, vá, vámos, vádes, vão.* Je vais, etc.
IMPARFAIT. *Hía, hías, hía, híamos, híeis, hião.* J'allais, etc.
PRÉTÉRIT. *Fûi, fôste, fôi, fômos, fôstes, fôrão.* Je fus, etc.
IMPÉRATIF. *Vái, vá, vámos, váde, vão.* Va, etc.
SUBJONCTIF PRÉSENT. *Vá, vás, vá, vámos, vádes, vão.* Que j'aille.
PRÉT. { *Fôra, fôras, fôra, fôramos, fôreis, fôrão.* } Que j'allasse.
      { *Fôsse, fôsses, fôsse, fôssemos, fôsseis, fôssem.* }
CONDITION. *Iría*, etc. Régulier. Le futur est celui du verbe *se*, être.
Les temps composés du verbe *ter* avec le participe *ido*.

Vir, venir, vindo, venant, vindo, venu.

INDICATIF PRÉSENT. *Vénho, véns, vém, vímos, vinde, véem.* Je vins, etc.
IMPARFAIT. *Vinha*, etc. Je venais etc.
PRÉTÉRIT. *Vîm, viêste, véio, viêmos, viêstes, viérão.* Je vins, etc.
FUTUR. *Viréi*, etc. Je viendrai, etc.
IMPÉRATIF. *Vém, vénha, venhámos, vinde, vénhão.* Vins, etc.
SUBJONCTIF PRÉSENT. *Vénha*, etc. Que je vienne, etc.
CONDITIONNEL. *Viría*, etc. Régulier. Je viendrais, etc.
PRÉTÉRIT. *Viéra* et *viésse*, etc. (comme à l'ordinaire). Que je vinsse.

Le futur régulier. Conjuguez de même les deux dérivés *convir*, convenir : *sobrevir*, survenir.

INFINITIF. *Mentir*, mentir ; *ferir*, blesser ; *servir*, servir.

INDICATIF PRÉSENT.

Minto, ménte, méntes, etc. Je mens, tu mens, il ment, etc.
Sinto, sénte, sénte, etc. Je sens , etc.
Sirvo, sêrves, sêrve, etc. Je sers , etc.

L'*i* de la première personne est la seule irrégularité de ce
temps ; conservez la lettre *e* dans tous les autres temps de
ce mode.

IMPÉRATIF.

Minte, minta, mintámos. mentí, mintão. Mens, etc.
Sénte, sinta, sintámos, sentí, sintão. Sens, etc.
Sérve, Sirva, sirvámos, serví, sirvão. Sers , etc.

Le présent du subjonctif avec *i*, et les autres temps avec *s*.

Fugir, fuir.

INDICATIF PRÉSENT. *Fújo, fóges, fóge, fugimos, fugi, fújão.* Je
fuis , tu fuis, il fuit, etc.
IMPÉRATIF. *Fóje, fúja, fujámos, jugí, fújão.* Fuis, etc.
SUBJONCTIF PRÉSENT. *Fúja, fújas*, etc. Que je fuie, etc.

Aux autres temps et aux autres personnes, conservez l'*u*
de l'infinitif.

N. B. Tous les verbes en *ir*, dont la pénultième syllabe
est terminée en *u*, ont *la même irrégularité. Surgir* fait
au participe *surto*.

1° Les verbes en *gir*, comme *affligir*, affliger, *corrigir*,
corriger, *fingir*, feindre, etc., changent le *g* en *j*, devant
o et *a*. Dites toujours *afflijo, finja*, etc., parce que le *g* ne
peut conserver devant *o* et *a* l'articulation qu'il a devant
o et *i*.

2° *Seguir*, suivre, et ses composés *perseguir, proseguir,*
poursuivre, *conseguir*, obtenir, changent l'*e* de l'infinitif
en *i*, seulement à la première personne singulier du présent

de l'indicatif et du subjonctif. Ils conservent cette voyelle dans tous les autres temps; l'impératif seul est excepté. Il se conjugue ainsi : *Ségue tú, siga élle; sigámos nós, segui vós, sigão élles;* suis, qu'il suive, etc.

N. B. Dans les verbes en *guir*, on supprime l'*u* devant *a* et *o*, parce que cette voyelle devient absolument inutile pour l'articulation que doit avoir le *g*.

Ouvir, ouïr, entendre, change *v* en *ç* à la première personne du singulier du présent indicatif et subjonctif; il le conserve aux autres temps et aux autres personnes. L'impératif est : *ouve tú, óuça élle, ouçámos nós, ouvi vós, óução elles*, entends, qu'il entende, etc. C'est le seul mode irrégulier.

Dormir, dormir, change l'*o* en *u* dans les mêmes circonstances. L'impératif est irrégulier : *Dórme tú, dúrma élle, durmámos nós, dormi vós, dúrmão élles*, dors, qu'il dorme, etc.

Pedir, demander, change le *d* en *ç* dans les mêmes circonstances; son impératif est également irrégulier. *Pêde tú, pêça élle, peçámos nós pedi vós, pêção élles;* demande, qu'il demande, etc.

Le présent du subjonctif garde le *ç* à toutes les personnes : le reste du verbe conserve le *d* comme à l'infinitif.

Il en est de même du verbe *medir*.

Vestir, habiller, vêtir, change l'*e* en *i* dans les circonstances indiquées à l'article précédent; il le conserve dans les autres.

Il en est de même de *repetir*, répéter, dans la conjugaison duquel le *pe* doit être changé en *pi*, comme ci-dessus.

Advertir, avertir. Changez *ver* en *vir* dans les mêmes circonstances.

Carpir, pleurer, ne s'emploie qu'aux personnes et aux temps où le *p* doit être suivi de *i*; les autres temps manquent.

Parir, enfanter, mettre au monde, accoucher.

INDICATIF PRÉSENT. *Pâiro, páres, páre, parîmos, paris, párem.*
IMPÉRATIF. *Páre, pâira, pairâmos, pairâes, pâirão.*
SUBJONCTIF PRÉSENT. *Pâira, pâiras, pairâmos, pairâes, pâirão.*

Le reste est régulier.

Sahir, sortir.

INDICATIF PRÉSENT. *Sâio, sáhes, sáhe, sahîmos, sahîs, sáhem.* Je
sors, etc.
IMPÉRATIF. *Sáhe, sâia, saiâmos, sahî, saîão.* Sors, etc.
SUBJONCTIF PRÉSENT. *Sâia, sáias,* etc. Régulier. Que je sorte, etc.

Les autres temps réguliers.

Pór, mettre, poser, placer. Participe *pósto*, mis. Gérondif *pôndo*,
en mettant.

Ce verbe est le seul en *or* qu'il y ait dans la langue portugaise ; il se conjugue de la manière suivante :

INDICATIF PRÉSENT. *Pônho, pões, póem, pômos, pôndes, póem.*
Je mets, etc.
IMPARFAIT. *Pûnha, pûnhas, pûnha, pûnhamos, pûnheis, pûnhão.*
Je mettais, etc.
PRÉTÉRIT. *Pûz, puzéste, póz, puzémos, puzéstes, puzérão.* Je mis.
FUTUR. *Poréi, porás, porá, porémos, poréis, porão.* Je mettrai.
IMPÉRATIF. *Pôe, pônha, ponhâmos, pônde, pônhão.* Mets, etc.
SUBJONCTIF PRÉSENT. *Qué éu pônha,* etc. Que je mette, etc.
CONDITIONNEL. *Poria,* etc. Je mettrais, etc.
PRÉTÉRIT. *Puzéra* et *puzésse.* Je misse, etc.
FUTUR. *Sé* ou *quándo éu puzér,* etc. Si ou quand je mettrai, etc.

Les dérivés de ce verbe sont *compór*, composer, *dispór*,
disposer, et *propór*, proposer ; ils se conjuguent de la même
manière.

Des verbes réfléchis et réciproques.

Le verbe est appelé réfléchi, quand l'action qu'il exprime
ne regarde que la puissance qui l'exerce ; il est appelé réciproque, quand l'action est exercée par deux ou plusieurs

puissances, agissant réciproquement l'une sur l'autre. *Se repentir* est réfléchi, *se battre* est réciproque.

Ces sortes de verbes se conjuguent comme en français, avec les pronoms *me, te, nos, vos, os*, que l'on peut placer à volonté devant ou après le verbe à l'indicatif et au conditionnel, mais qu'il faut placer devant au présent, au prétérit et au futur du subjonctif, surtout lorsque ces temps sont accompagnés de *qué, sé*, ou *quándo;* et toujours après, à l'impératif et à l'infinitif.

Exemple du verbe LAMBRAR-SE, se souvenir.

INDICATIF PRÉSENT.

Lémbro-me ou	*mé lémbro.*	Je me souviens.
Lémbras-te ou	*té lémbras.*	Tu te souviens.
Lémbra-se ou	*sé lémbra.*	Il se souvient.
Lembrámos-nos ou	*nos lembrámos.*	Nous nous souvenons.
Lembráis-vos ou	*vos lembráis.*	Vous vous souvenez.
Lémbrão-se ou	*se lémbrão.*	Ils se souviennent.

IMPARFAIT. *Lembráva-me* ou *me lambráva.* Je me souvenais.
PRÉTÉRIT. *Lembréi-me* ou *me lembréi.* Je me souviens.
FUTUR. *Lembraréi-me* ou *me lembraréi.* Je me souviendrai.

IMPÉRATIF.	*Lémbra-te tú.*	Souviens-toi.
	Lémbre-se élle,	Qu'il se souvienne.
	Lembrémo-nos nós (1).	Souvenons-nous.
	Lembrái-vos vôs.	Souvenez-vous.
	Lémbrem-se élles.	Qu'ils se souviennent.

SUBJONCTIF PRÉS. *Qué éu mé lémbre* (2). Que je me souvienne.
CONDITIONN. *Lembraría-me* ou *mé lembraria.* Je me souviendrais.
PRÉTÉRIT. *Qué éu mé lembrásse.* Que je me souvinsse.
FUTUR. *Sé* ou *quándo éu mé lembrár.* Quand *ou* si je me souviendrai.

Nota. Tous les verbes actifs peuvent devenir réfléchis ou réciproques, en les conjuguant de cette manière. C'est la même chose en français.

___

(1) Au lieu de *lembrémos*, ici on supprime l's pour éviter la cacophonie de trois *os* de suite.
(2) Et non pas *lémbre-me*, etc.

Conjugaison du verbe IR-SE, s'en aller.

GÉRONDIF. *Indo-se.* S'en allant. PARTICIPE. *Ido.* En allé.
INDICATIF PRÉSENT. *Éu mé vóu.* Je m'en vais, etc.
IMPARFAIT. *Éu mé hia.* Je m'en allais.
PRÉTÉRIT. *Éu mé fúi.* Je m'en allai.
FUTUR. *Éu mé iréi.* Je m'en irai.
IMPÉRATIF. *Vá -te.* Va-t'en.
SUBJONCTIF PRÉSENT. *Qué éu mé vá.* Que je m'en aille.
CONDITIONNEL. *Éu mé iria.* Je m'en irais.
PRÉTÉRIT. *Qué éu mé fóra* ou *fôsse.* Que je m'en allasse.
FUTUR. *Quándo éu mé fôr.* Quand je m'en irai.

Les temps composés ne sont pas formés, comme en français, du verbe *être*, mais du verbe *ter*, dites : *éu mé ténho ido,* etc. Je m'en suis allé, etc.

Vir-se, s'en venir, se conjugue de même.

Manière d'interroger.

Pour l'interrogation simple, il suffit de placer, comme en français, le pronom nominatif après le verbe.

EXEMPLES :

Ténho éu ?	Ai-je ?	*Témos-nôs ?*	Avons-nous ?
Não ténho éu?	N'ai-je pas ?	*Não témos nôs ?*	N'avons-nous pas ?

Ou simplement un point d'interrogation sans pronom, comme :

Cantarémos ? Chanterons-nous ? *Não cantarémos ?* Ne chanterons-nous pas ?

Des verbes impersonnels.

Ils se conjuguent comme en français.

EXEMPLES :

Chôve, il pleut ; *chovia,* il pleuvait ; *chovéu,* il plut, etc. *Tem chovido,* il a plu, etc.

Les principaux verbes impersonnels sont ceux-ci :

Chôve.	Il pleut.	*Géa.*	Il gèle.
Cáhe pédra.	Il grêle.	*Néva.*	Il neige.

Fuzila.	Il éclaire.	*Convém.*	Il convient de *ou* que.
Chovisca.	Il pleut.	*Succéde.*	Il arrive que.
Basta.	Il suffit.	*Impórta.*	Il importe que *ou* de.
Há-se.	Il faut que.	*Paréce.*	Il semble que.

Ces expressions françaises : J'ai mal à la jambe, aux jambes, à la tête, aux yeux, etc., se rendent en portugais d'une manière impersonnelle. On dit :

Dóe-me á perna.	La jambe me fait douleur.
Dóem-nos ós ólhos.	Les yeux nous font douleur.
Dóe-lhe ou lhes á cabéça, etc.	La tête lui *ou* leur fait douleur.

Du verbe français IL Y A, ha.

1° Lorsque *y* n'exprime pas le lieu, comme il y a un homme, il y a des hommes qui, etc., il faut traduire littéralement par la troisième personne du singulier de chaque temps du verbe *haver,* comme en français, sans avoir égard au nombre du nom qui suit ; mais *y* ne s'exprime point.

EXEMPLES :

Il y a un homme.	*Há úm hómem.*
Il y a des hommes.	*Há hómens.*
Il n'y a pas d'amis qui méritent ce nom.	*Não há amigos que séjão dignos de tál nóme.*
Combien y a-t-il que ?	*Quánto há que ?*
Il y a trente ans.	*Há trínta ánnos.*
Combien y a-t-il de Paris à Lisbonne ?	*Quánto há dé Paris á Lisbóa ?*
Il y a trois cent quatre-vingt-sept lieues.	*Há trezéntas oiténta séte légoas.*

2° Lorsque *y* exprime le lieu, il se traduit par *là,* et se place après le verbe. Si *y* est suivi de *en, là* sera suivi de *d'isso.*

EXEMPLES :

Il y en a.	*Há lá d'isso.*	Y en a-t-il ?	*Há lá d'isso ?*
Il n'y en a pas.	*Não há lá d'isso.*	N'y en a-t-il pas ?	*Não há lá d'isso ?*

et ainsi de suite pour tous les temps simples et composés.

Ceux-ci se forment du verbe *tér,* avoir, comme en français.

Du verbe IL EST *et* C'EST, è.

Il est signifie souvent *il y a :* dans ce cas, servez-vous de *há.*

C'est se traduit littéralement par la troisième personne singulier du verbe *ser* pour les deux nombres, mais les noms ou les pronoms nominatifs qui suivent ce verbe en français doivent le précéder en portugais.

EXEMPLES :

C'est moi.	*Éu é.*	C'est nous.	*Nôs é.*
C'est toi.	*Tú é.*	C'est vous.	*Vôs é.*
C'est lui.	*Élle é.*	C'est *ou* ce sont eux.	*Élles é.*
C'est elle.	*Élla é.*	C'est *ou* ce sont elles.	*Élles é.*

C'est la loi qui *ou* que, etc.   *A léi é qué,* etc.
Ce sont mes frères qui *ou* que.   *Os méus irmãos é qué.*

Du verbe IL FAUT.

Il se traduit de deux manières en portugais; savoir personnellement par *é preciso* ou *é necessário,* ou impersonnellement par le verbe *havér,* suivi de *de,* ainsi qu'il suit.

Première manière.			Seconde manière.
	qué éu,	*héi-de.*	Il faut que je.
	qué tú,	*hás-de.*	— que tu.
É preciso	*qué élle,*	*há-de.*	— qu'il.
ou necessário	*qué nôs,*	*havémos* ou *hémos de.*	— que nous.
	qué vôs,	*havéis* ou *héis de.*	— que vous.
	qué élles,	*hão de.*	— qu'ils.

Ainsi de suite pour tous les temps simples et composés. Si le verbe qui suit est un infinitif, traduisez ainsi :

Há-se dé fazér, ou *é necessário fazér.*   Il faut faire.
Havia-se dé dizér, ou *éra preciso dizér.*   Il fallait dire.

La même chose pour tous les temps.

Des verbes avec ON.

On s'exprime par *se;* il se place indifféremment devant ou après le verbe.

EXEMPLES :

Fáz-se.	On fait.		*Sé vé.*	On voit.
Póde-se.	On peut.		*Não se díz.*	On ne dit pas.
Sé sábe.	On sait.		*Não sé quér.*	On ne veut pas.

Ou bien il s'exprime par la troisième personne du pluriel.

EXEMPLES :

Véem, on voit. | *Não dízem,* on ne dit pas. | *Não quérem,* on ne veut pas
Mot à mot , ils voient , ils ne disent pas , ils ne veulent pas.

C'est la même chose pour tous les modes et tous les temps.

Lorsqu'on se sert du monosyllabe *se* , qui est en portugais l'expression la plus générale, le verbe doit être du même nombre que le nom qui le suit.

EXEMPLES :

Vé-se ou se vé ùm hómem.	On voit un homme.
Véem-se ou se véem hómens.	On voit des hommes.

C'est la seule différence qu'il y ait dans les deux langues.

Des participes.

1º Ceux des verbes en *ar* sont ordinairement terminés en *ado;* ceux en *er* et en *ir* en *ido,* comme on l'a vu dans les conjugaisons. Cependant il y en a que l'on peut abréger, tels que *enxuto* au lieu d'*exugado, envolto* au lieu d'*envolvido, corrupto* au lieu de *corrompido,* etc. Il y a aussi quelques verbes en *er* et en *ir* qui s'écartent de la règle générale ; tels sont *abrir, escrever, absolver,* etc., dont le participe est toujours *aberto, escrito, absolto.* L'usage et la lecture des bons auteurs enseigneront ces petites exceptions.

2º Les Portugais font un fréquent usage du participe absolu des Latins et des Italiens. On dit :

Feito isto, cela fait ; *dito isto*, cela dit ; *promettido isto*, cela promis ; *atado o homem*, l'homme attaché, etc. etc. Les Français y suppléent ordinairement par l'une ou l'autre de ces tournures : Quand cela fut fait, quand j'eus fait cela, quand cela sera fait, quand j'aurai fait cela, etc. etc. Observez que quand on se sert du participe absolu, il faut toujours l'exprimer avant le nom auquel il a rapport.

CHAPITRE VI.

De l'Adverbe.

L'adverbe est au verbe ce que l'adjectif est au nom. Il y a des adverbes

1° De temps, comme :

Presentemente, présentement.
Agora, à présent.
Hontem, hier.
Hoje, aujourd'hui.
Nunca, jamais.
Sempre, toujours.
Entretanto, en même temps, etc.

2° De quantité, comme :

Muito, beaucoup.
Pouco, peu.
Abundantemente, abondamment.
Quanto (1), combien.
Tanto, autant, etc.

3° De lieu, comme :

Onde, où.
Aqui, ici.
D'onde, d'où.
Alli, là.
D'aqui, d'ici, delà.
Longe, loin.
Perto, près, etc.

4° De manière, comme :

A'pressa, à la hâte.
Facilmente, facilement.
Prudentemente, prudemment.
Ricamente, richement.
Fielmente, fidèlement, etc.

La plupart des adjectifs portugais se changent en adverbes en substituant *amente* à la finale de ceux terminés en *o*. De *douto*, savant, on fait *doutamente*, savamment ; ou bien on ajoute simplement *mente* à ceux qui se terminent en *a*

___

(1) Se décline quelquefois lorsqu'il est suivi d'un nom ; il prend alors une forme adjective. On dit *quanto, quanta, quantos, quantas*.

et en *l*. De *constante*, constant, on fait *constantemente*; de *actual*, actuel, *actualmente*, etc. etc.

CHAPITRE VII.

Des Prépositions.

Les unes veulent être suivies du génitif ou de l'ablatif, les autres du datif, les autres de l'accusatif. Voici les principales :

Prépositions qui gouvernent le génitif.

Antes de —, avant, auparavant.
Diante de —, devant.
Dentro de —, dans, dedans, en.
Depois de —, après.
Detraz de —, derrière.
Debaixo de —, sous, dessous.
Abaixo de —, au bas de.
Defronte de —, en face de.
Fóra de (1) —, hors de, excepté.
Acima de —, au-dessus de.
De cima de —, sur, dessus.
Em cima de —, de dessus.
Por cima de —, sur.
Além de —, outre, au delà de.
Aquem de —, en deçà de.
A' cérca de —, concernant, relativement à, à l'égard de, quant à, vers, environ, aux environs de, près de, etc.

(1) *A* gouverne quelquefois le nominatif dans le cas où le nom qui suit n'admet point l'article. On dit *fóra meu pae*, excepté mon père, parce que le pronom *meu* n'admet point d'article devant les noms de parenté; mais il faut dire *fóra de mim*, excepté moi, etc.

Ao redor de — , autour de.
Perto de — , près, auprès, proche de.

Prépositions qui gouvernent le datif.

Quanto a — , quant à.
Athé a — , jusqu'à.
Pegado a — , tout près de.

Prépositions qui gouvernent l'accusatif.

Em (1) *—* , en , dans.
Entre — , entre , parmi.
Com (2) *—* , avec.
Contra — , contre.
Conforme — , selon , suivant , conformément à.
Desde — , depuis.
Durante — , pendant, durant.
Até — , jusque , jusqu'à.
Por — , pour, par.
Sôbre — , sur, dessus.
Sem — , sans.
Para — , pour.
Traz — , derrière.

Il y a une autre espèce de prépositions appelées insépa-
rables, parce que, dans toutes les langues, elles entrent dans
la composition de certains mots pour en altérer la signification.

_(1) Se contracte avec les articles de cette manière: *no,* dans le ; *na,*
dans la; *nos,* dans les; *nas,* daus les (fém.).
(2) Avec les pronoms personnels, on dit: *comtigo ,* avec moi ; *comtigo,* avec toi ; *comnosco,* avec nous ; *comvosco,* avec vous ; *comsigo,*
avec lui , elle , eux , et elles. Avec les articles, on peut dire par contrac-
tion *co'o,* avec le ; *co'a,* avec la ; *co'os* et *co'as,* avec les.

Telles sont :

1° *Des*, en français *de*, qui exprime le contraire, comme *fazer*, faire; *desfazer*, défaire, etc.

2° *In* qui exprime un sens négatif, comme *capaz*, capable; *incapaz*, incapable, etc.

Ir pour les mots qui commencent par R. *Regular*, régulier; *irregular*, irrégulier, etc.

Il pour ceux qui commencent par L. *Legítimo*, légitime; *illegítimo*, illégitime.

Im pour ceux qui commencent par M. *Material*, matériel; *immaterial*, immatériel.

3° *Re* qui implique réitération ou redoublement, comme *edificar*, rebâtir.

Comme ces particules tiennent essentiellement aux mots dans lesquels elles entrent, elles ne sont sujettes à aucune observation grammaticale relativement à la pratique.

CHAPITRE VIII.

Des Conjonctions.

Elles servent à réunir plusieurs phrases dans une seule. Les principales sont :

E, et; *mas*, mais; *comtudo*, cependant; *porque*, parce que, pourquoi; *a proposito*, à propos; *ou*, ou; *dado caso que*, supposé que, pourvu que, etc.

CHAPITRE IX.

Des Interjections.

On les appelle ainsi, parce qu'elles sont jetées dans le discours pour exprimer un mouvement subit de l'âme. Les principales expressions de ce genre sont :

Ha ha ha ! Ha ha ha !

O' que gosto ! Quel plaisir ! -.

Ai ! Hélas ! ah !

Ai de mim ! meu Deos ! Miséricorde ! mon Dieu !

Oi ! Aie ! ouf !

Animo ! Courage !

Ora vamos ! Allons !

O' ! olá ! Tout beau ! alte ! hola !

Irra ! nada ! fóra ! Fi !

Viva ! Vive ! vivat ! bravo !

Calai-vos ! Paix ! chut ! silence !

-. *Ai !* Gai ! jarni ! tudieu ! morbleu ! ventre-bleu ! corbleu ! ventre Saint-Gris ! etc.

SYNTAXE.

Noms.

Tous les noms qui prennent l'article en français le prennent en portugais; ceux qui, dans la première langue, ne sont accompagnés que des prépositions *de* et *a* sont également accompagnés des prépositions correspondantes dans la seconde.

Le régime des noms, soit entre eux, soit relativement aux adjectifs et aux verbes, ainsi que ce qui concerne leur construction, l'ordre et la place qu'ils occupent dans le discours, est exactement la même chose dans les deux langues. On ne se trompera donc point en traduisant littéralement les phrases suivantes et autres semblables :

A porta da casa.   La porte de la maison.

As guardas do Directorio.   Les gardes du Directoire.

O ouro e a prata não podem   L'or et l'argent ne peuvent rendre
fazer feliz o homem.   l'homme heureux.

A virtude não é compatível com o vicio.	La vertu n'est pas compatible avec le vice.
O trigo vende-se tanto o alqueire.	Le blé se vend tant le picotin.
A manteiga vende-se tanto o arratel, e os ovos tanto a duzia.	Le beurre coûte tant la livre, et les œufs tant la douzaine.
Eis-aqui a casa do irmão de minha mulher, toda a cidade assistio ao banquete.	C'est ici la maison du frère de ma femme, toute la ville assista au repas.
Meu pai e minha mãe tornão do campo.	Mon père et ma mère reviennent de la campagne.
As mais bellas flores são as que menos durão. A chuva as desmaia, o vento as murcha, o sol as queima, etc.; uma infinidade de insectos as perseguem.	Les plus belles fleurs sont celles qui durent le moins. La pluie les ternit, le vent les dessèche, le soleil les brûle, etc. Sans une infinité d'insectes qui les attaquent, etc.
O S. Antonio, náu de noventa peças.	Le *Saint-Antoine*, vaisseau de 90 canons.
Os cem infantes que combaterão contra os mil de cavallo, etc.	Ces cent fantassins qui combattirent contre les mille cavaliers, etc.
O verde offende menos a vista que o vermelho.	Le vert fatigue moins la vue que le rouge.
Farei o melhor que eu poder.	Je ferai le mieux que je pourrai.
Darão o menos que fôr possivel.	Ils donneront le moins qu'il sera possible.
Tenho dous livros.	J'ai deux livres.
Tenho os dous livros.	J'ai les deux livres.
Elle será douto, com o tempo.	Il sera savant avec le temps.
Passavão por poetas.	Ils passaient pour poètes.
Os poetas dizem, etc.	Les poètes disent, etc.

L'article qui, en français, précède les noms de titres et de qualités, immédiatement après monsieur, madame, etc., doit être mis avant ces mots en portugais.

EXEMPLE :

O senhor presidente de.....	Monsieur le président de.....
A senhora duqueza de.....	Madame la duchesse de.....

On peut se servir de l'article devant les infinitifs des verbes,

et les employer comme noms dans les circonstances suivantes :

É facil o dizer, o vér, etc.   Il est facile de dire, de voir, etc.
comme s'il y avait : le dire, le voir est facile.

Adjectifs.

Les adjectifs s'accordent en nombre et en genre avec les
substantifs. Ils ont encore de commun avec les adjectifs français, qu'ils sont généralement placés devant ou après les
substantifs, dans les mêmes circonstances. *Um vestido negro*, un habit noir ; *um campo triangular*, un champ trian-
gulaire, etc. ; *o santo homem*, le saint homme, etc.

1° Ils ont le même régime dans les deux langues.

EXEMPLES :

Digno de louvor.	Digne de louange.
Insensivel ao amor.	Insensible à l'amour.
Capaz de ensinar.	Capable d'enseigner.
Nocivo à saúde.	Nuisible à la santé.
Dous pés de largo.	Deux pieds de large ou de largeur.
Seis de comprido.	Six de long.
Versado na medicina.	Versé dans la médecine.

2° Dans les comparatifs, *que* s'exprime par *que*, entre
deux noms comparés.

EXEMPLES :

O todo é maior que a parte.	Le tout est plus grand que la partie.
O seu amante é mais bello, mais moço e mais rico que ella.	Son amant est plus beau, plus jeune et plus riche qu'elle.

Par *do que*, quand la comparaison a lieu avec un verbe.

Menos bello do que quando o comprei.	Moins beau que quand je l'achetai.

Par *como*, entre deux subjonctifs, quand le résultat de la
comparaison est en égalité, et *quanto*, entre deux adjectifs.

O meu livro é tão bello como o vosso.	Mon livre est aussi beau que le vôtre.
Tão poderoso quanto rico.	Aussi riche que puissant.

Plus et moins répétés s'expriment ainsi :

Plus nous vivons, plus nous apprenons; *quanto mais vivêmos, tanto mais aprendêmos.* Plus un hydropique boit, plus il a soif; *quanto mais um hidropico bebe, mais séde tem.* Plus un homme est pauvre, moins il a d'inquiétude; *quanto mais um homem é pobre, tanto menos cuidados tem.*

Pronoms.

Nous avons vu, dans la première partie, que les articles *o, a, as,* le, la, les, s'employent dans les deux langues, comme pronoms conjonctifs, pour les personnes et les choses, au lieu de *lo, la, los, las;* sur quoi observez les règles suivantes :

1° A l'infinitif, dites *o* avant *a,* ou *lo* après, en supprimant l'*r* finale.

EXEMPLES :

Para ama-lo, para vê-la, para louva-los, para vê-las; pour l'aimer, la voir, les louer, les voir. S'ils sont joints à un prétérit terminé en *z*, c'est la même chose.

Fi-lo, je le fis ; *elle fe-lo,* il le fit.

Para-vé-lo, pour le voir.

Après les gérondifs, *o* ou *lo, vendo-o* ou *vendo-lo,* en le voyant.

2° A la première personne du singulier, dites *o* avant ou après le verbe : *eu o chamo* ou *chamo-o,* je l'appelle, etc.

3° A la seconde personne du singulier, dites *o* avant le verbe, ou *lo* après, avec élision de la dernière consonne du verbe.

EXEMPLE :

Tu o chamas ou *chama-lo*, tu l'appelles.

4° A la troisième personne, c'est comme à la première : *elle chama-o,* il l'appelle.

5° A la première du pluriel, *o* devant le verbe, ou *lo* après avec élision : *nós o chamâmos* ou *nós chamâmo-lo,* nous l'appelons.

6° A la deuxième du même, *vós o chamais* ou *chamai-lo,* vous l'appelez.

7ª A la troisième personne, *o* avant le verbe ou après.

EXEMPLE :

Elles o chamão ou *chamão-o.*

Mêmes règles pour *os, a, e, as.*

8° *Lo, la, los, las,* suivent toujours *eis,* sur lequel ils opèrent l'élision de l'*i.*

EXEMPLE :

Ei-lo aqui, le voici, *ei-la aqui,* la voici, *ei-los alli,* les voilà, *ei-las alli,* les voilà.

Verbes.

1° Les pronoms personnels nominatifs prendront le verbe, comme en français ; mais on n'est pas obligé de les exprimer, parce que la finale des verbes indique suffisamment le temps, le mode et la personne dont il s'agit (voyez ci-devant).

2° Les Portugais parlent rarement, comme en français, à la seconde personne du pluriel, plus rarement encore à la seconde du singulier. Ces deux personnes sont réservées pour l'extrême familiarité entre amis, pour les parents envers leurs enfants, les maîtres envers leurs domestiques, etc. La politesse portugaise préfère la troisième personne. Dans ce cas, on dit : *v. m.* ou *V. M.,* ou *V. S.,* ou *V. E.,* ou simplement *elle* ou *ella canta,* vous chantez, ou simplement, sans nominatif, *canta ;* mot à mot : votre seigneurie, votre excellence chante.

3° S'il y a un adjectif après le verbe, il est du genre et du nombre de la personne à qui la parole est adressée. A un homme, on dit : *V. M. é muito bom,* vous êtes bien bon ; à une femme, *V. M. é muito bella,* vous êtes bien belle, etc.

Des verbes auxiliaires.

4° Le régime des verbes sur les noms est le même dans les deux langues : le verbe actif veut après lui l'accusatif. Ce cas n'est point différent du nominatif en français ; mais en portugais, il est désigné par *a, os,* lorsque le nom porte article et lorsqu'il ne le porte pas. Ainsi dites : *amo os livros,* j'aime les livres ; j'aime Pierre, *amo a Pedro.*

Les quatre verbes auxiliaires, savoir : *ter* et *aver, ser* et *estar,* jouent un grand rôle dans la langue portugaise. Il faut se donner de garde de les employer indistinctement pour exprimer l'idée attachée par les Français aux deux verbes *avoir* et *être,* auxquels ils correspondent.

Ter sert spécialement à former les temps composés des verbes : *tenho amado,* j'ai aimé, etc.

Il signifie aussi tenir en possession : *tenho dinheiro,* j'ai de l'argent ; *tem muita capacidade,* il a beaucoup de capacité. Suivi de *que,* devant un infinitif, il signifie devoir, inclination : *tenho que fazer uma visita,* il faut que je fasse une visite, j'ai une visite à faire, etc.

Haver, en matière de livres de compte de commerce, signifie crédit.

Haver-se signifie se conduire : *houve-se o governador com prudencia,* le gouverneur se conduisit avec prudence.

Haver suivi de *de* devant un infinitif : *eu hei de escrever,* j'écrirai, je dois écrire, je suis sur le point d'écrire, etc. Même signification que *ter* suivi de *que* ; il désigne résolution prise et nécessité de faire une chose.

Suivi du verbe *ser,* être, il sert d'auxiliaire aux verbes passifs et au verbe *ser* lui-même. *Hei de ser feliz,* je serai

heureux, je ne puis qu'être heureux ; *a lei ha-de ser respei-tada*, la loi doit être respectée, il faut respecter la loi.

Il peut servir d'auxiliaire sans la particule *de*, en le mettant après le verbe : *dar-vos-hei*, je vous donnerai ; *dar-lhe-hei*, je lui donnerai, etc. ; *dar-vo-lo-hei*, je vous le donnerai, etc.

Il y a une grande différence entre *ser* et *estar*, quoiqu'en français ils aient la même signification.

Ser exprime l'essence des choses, leur qualité, leur nature, leur manière d'exister. *Ser homem*, être homme ; *ser bom, alto, largo, branco, negro*, etc ; être bon, grand, large, blanc, noir, etc.

Estar désigne lieu d'existence, qualité accidentelle, de circonstance, de position, non essentiellement attachée à l'objet dont on parle : *estar em Paris, de saúde, frio, quente, doente, enfadado, alegre*, etc. ; être à Paris, en santé, froid, chaud, souffrant, fâché, gai, etc. On s'en sert avec les gérondifs des autres verbes, pour exprimer une action non habituelle, mais seulement présente au moment où on parle : *estou lendo, escrevendo, fallando*, etc., je lis, j'écris, je parle, etc. ; mot à mot : je suis lisant, écrivant, parlant, etc.; avec *em*, dans *no, na, nos, nas*, syncope de *em o, em a, em os, em as*; dans le, dans la, dans les, il signifie présence : *estou no campo*, etc., je suis à la campagne.

Avec la préposition *para*, il exprime dessein de faire l'action désignée par le verbe qui suit : *estou para ir-me de Paris*, je me propose de quitter Paris mot à mot : je suis pour m'en aller de Paris.

Avec *por* suivi d'un infinitif, il exprime une chose à faire qui ne l'est pas : *isto está por alimpar*, ceci est à nettoyer, etc. Lorsque *ser* signifie appartenance, il gouverne le génitif, et non pas le datif, comme en français : *esta casa é de meu pae*, cette maison est à mon père.

Des verbes actifs et passifs.

5° Le verbe passif est suivi, dans les deux langues, de l'ablatif: *os doutos são envejados pelos ignorantes*, les savants sont jalousés par les ignorants, etc. Mais les Portugais ont une autre manière, qui leur est particulière, d'exprimer le verbe passif par la troisième personne, singulier et pluriel, à laquelle ils ajoutent *se ama a Deos*, Dieu est aimé; à quoi répond : on aime Dieu.

Conheço a seu pae.	Je connais son père.
Achárão João no caminho.	Ils rencontrèrent Jean sur la route.
O pobre dorme descançado.	Le pauvre dort sans inquiétude.
Todos os homens dezejão ser ricos.	Tous les hommes désirent être riches.
Antes quizera ser douto que parece-lo.	J'aimerais mieux être savant que le paraître.
Creio que sim.	Je crois que oui.
Creio que não.	Je crois que non.
Aposto que sim.	Je gage que oui.
Quereis apostar que não ?	Voulez-vous gager que non?
Pesa-me muito da morte de seu irmão.	Je suis très-fâché de la mort de votre frère.
Elle morre de fome.	Il meurt de faim.
Lembre-se do que me disse.	Souvenez-vous de ce que vous m'avez dit.
Compadeci-me das suas desgraças.	J'eus pitié de ses malheurs.
Jogar as cartas, ao xadrez, aos centos.	Jouer aux cartes, aux tarots, au piquet.
Obedeço a Deos e ás leis.	J'obéis à Dieu et aux lois.
Compraz em tudo aos soldados.	Il plaît généralement aux soldats.
O governador mandava a cavallaria : elle mandou a todos os moradores que se retirassem para suas casas.	Le gouverneur commandait la cavalerie : il ordonna à tous les habitants de se retirer (mot à mot qu'il se retirassent) dans leurs maisons.
Tenho assistido ao officio divino.	J'ai assisté à l'office divin.
Elle saúda a todos.	Il salue tout le monde.
Esta terra abunda de trigo.	Cette terre abonde en grains.

Elle está (1) *carregado de miserias.*	Il est accablé de calamités.
Pelejou mais de uma hora com seu irmão (2).	Il disputa plus d'une heure avec son frère.

Les verbes passifs et la plupart des verbes réfléchis ou réciproques veulent être suivis de l'ablatif, qui, comme on l'a vu dans la première partie, a pour signes *de, do, da, dos, das, por,* et *pelo, pela, pelos, pelas,* qui sont des syncopes de *por o, por a,* etc. En français, de, du, de la, des, par le, par les.

EXEMPLES :

Fui chamado por vós.	Je fus appelé par vous.
Retirei-me da cidade.	Je me retirai de la ville.
Elle foi amado do povo.	Il fut aimé du peuple.

Après le verbe *ser,* être, on se sert aussi bien de *para* que de *a;* mais il faut observer que *para* désigne la distinction des choses, et *a* exprime leur action. Ainsi, pour exprimer : cette plume est pour écrire, ou bien c'est une plume à écrire, vous direz : *esta penna está para escrever;* et pour exprimer : il fut le premier à fuir, *elle foi o primeiro a fugir.*

Les verbes de mouvement régissent aussi les mêmes cas qu'en français, savoir : le datif pour le lieu où l'on va, l'ablatif pour celui où l'on passe.

EXEMPLES :

Vou á comedia.	Je vais à la comédie.
Venho do campo.	Je viens de la campagne.
Passarei por Paris.	Je passerai par Paris.

Usage des temps.

1º. Nous avons déjà dit qu'on peut exprimer le futur par l'infinitif, avec le verbe *haver* employé comme auxiliaire.

---

(1) Et non *é,* par la raison donnée ci-devant.
(2) Sans article, à cause de la parenté (voir la première partie).

en supprimant l'*r* final : comme *dar-lhe-hei*, je lui donnerai ; *agastar-se-há*, il sera en colère, etc.

2° Quand la particule conditionnelle *si*, exprimée par *se* en portugais, gouverne l'imparfait indicatif français, il faut se servir du prétérit subjonctif portugais : *se eu tivesse*, si j'avais ; *se eu podesse*, si je pouvais, etc.

Cependant on se sert quelquefois, mais rarement, de l'indicatif.

EXEMPLE :

Disse-lhe que se queria, etc.   Il lui dit que s'il voulait, etc.

3° On emploie, dans les deux langues, le conditionnel dans le sens du présent indicatif, pour exprimer le désir : comme *quizera que domingo fizesse bom tempo*, je désirerais que dimanche il fît beau temps. Mais après la conjonction *ainda que*, quand bien même, il faut le prétérit subjonctif.

EXEMPLES :

Ainda que elle consentisse n'isso, não se podia fazer.   Quand même il y consentirait, cela ne pourrait pas se faire, ou y consentît-il, etc.

Eu não a quizera, ainda que tivesse milhões de seu.   Je ne la voudrais pas, quand bien même elle aurait (ou eût-elle) des millions, etc.

On dit aussi *quando isto fôsse.*   Quand cela serait.

4° Ne perdez pas de vue qu'après *si*, le présent indicatif français doit être rendu par le futur subjonctif, et non l'indicatif portugais, lorsqu'il s'agit d'une chose à venir.

EXEMPLES :

A'manhã se tiver tempo, demain si j'ai le temps ; et non pas *se eu tenho*, encore moins *se tenho*.
Se elle vier, nós o verêmos ; s'il vient, nous le verrons.

5° Les verbes portugais ont une tournure particulière qui n'existe point en français. C'est que l'infinitif, en y ajoutant

em précédé de *por*, signifie *pour avoir* fait une chose passée, et précédé de *para*, pour faire une chose à venir. Par
exemple, si je veux exprimer par cette tournure, *ils ont été*
pendus pour vol, je dirai : *elles fôrão enforcados por*
furtarem; c'est-à-dire, pour avoir volé, parce que l'action
du vol était passée avant la condamnation. Mais, si je veux
exprimer cette autre phrase, *afin de pouvoir dire* (ou qu'ils
puissent dire), comme l'action est future, je dirai : *para*
poderem dizer.

Nota. Cette tournure n'a lieu qu'à la troisième personne du pluriel; car, si l'on parlait d'une troisième personne
singulier, et de la première et seconde des deux nombres, il
faudrait s'exprimer comme en français.

6° Enfin le futur subjonctif, qu'on emploie toujours après
une préposition, signifie une chose passée avec *por* (pour
que, parce que), et l'avenir avec *para* (pour que, afin que).
Ainsi *por fallar-mos* signifiera parce que nous parlâmes, et
para fallar-mos, pour que nous parlions.

Dans tous les cas non prévus par cet article, suivez la
construction française.

Des modes.

1° Le mode indicatif exprime directement l'action ou comme
absolument présente, dans le moment où l'on parle, ou
comme présente dans un temps passé, ou comme absolument
passée, ou enfin comme devant nécessairement arriver. Il ne
suppose point de préposition, cependant il en admet quelques-unes : telles sont *que, como, quando* et *se*. Ceci est
commun aux deux langues; mais, à l'égard de *se*, il y a une
observation à faire : c'est que rarement cette particule est
suivie du futur, et que dans ce cas, elle suppose ignorance
et doute.

EXEMPLES :

Je ne sais s'ils viendront, *não sei se hão-de vir.*

Je doute que les ennemis passent la rivière, *estou em dú-vida se os inimigos passarão o rio;* c'est-à-dire, je suis en doute *si* les ennemis passeront la rivière.

Je ne demande pas s'il partira, *não pergunto se partirá.*

Ces circonstances sont aisées à prévoir.

2° Le subjonctif suppose toujours une préposition quelconque, exprimée ou sous-entendue, comme en français.

Que ne s'exprime point au présent de ce mode, quand il s'agit de souhait, de désir : *Deos o faça bom!* que Dieu le rende bon !

Que, entre deux verbes, ne gouverne pas toujours le subjonctif en affirmant; on peut dire *creio que venha,* au lieu de *creio que vem,* je crois qu'il vient. Mais les bons auteurs préfèrent l'indicatif, comme en français; s'il y a négation, le *que* gouvernera nécessairement le subjonctif : *não creio que venha,* je ne crois pas qu'il vienne.

3° Tous les autres cas, comme en français.

Sabeis vós que está feita a paz?	Savez-vous que la paix est faite (certitude de la paix)?
Sabeis vós que esteja feita a paz?	Savez-vous que la paix soit faite (doute de la paix)?
Não que eu saiba.	Non pas que je sache.
É preciso que elle venha.	Il faut qu'il vienne.
Convem que isto se faça.	Il est à propos que cela se fasse.
É certo que vem.	Il est certain qu'il vient.
Sei que está em casa.	Je sais qu'il est dans la maison.
Duvido que possa.	Je doute qu'il puisse.
Temo que morra.	Je crains qu'il ne meure.
Admiro-me que consinta n'isso.	Je m'étonne qu'il y consente.
Praza a Deos!	Plaise à Dieu !
Prouvera a Deas!	Plût à Dieu !
Não há cousa que mais me inquiete.	Il n'y a rien qui me trouble davantage.
Não há cousa no mundo que me possa dar tanto gôsto.	Il n'y a rien au monde qui puisse me faire plus de plaisir.

Allegai-lhe taes razões que o possão persuadir.	Donnez-lui des raisons telles qu'elles puissent le persuader.
Jantais hoje em casa?	Dinez-vous aujourd'hui à la maison ?
Succeda o que, succeder, ou bem seja o que for (1).	Arrive ce qui voudra.
Logo que chegar (2), *iremos a passeiar.*	Aussitôt qu'il viendra, nous irons nous promener.
Quando vier, estaremos promptos.	Quand il viendra, nous serons prêts.
Por grande que seja.	Quelque grand qu'il soit.

Exception particulière.

Quoique, exprimé par *ainda que,* veut le subjonctif, comme en français ; exprimé comme par *não obstante,* il rejette le *que,* et veut l'infinitif.

EXEMPLES :

Ainda que seja homem honrado, ou *Não obstante ser elle,* etc.	Quoiqu'il soit honnête homme.
Ainda que elle faz aquillo, ou *Não obstante fazer elle isto.*	Quoiqu'il fasse cela.

L'infinitif prend, comme en français, *être,* précédé de quelques prépositions ; elles sont généralement les mêmes dans les deux langues.

EXEMPLES :

Venho de ver a meu pai.	Je viens de voir mon père.
É tempo de ir-se.	Il est temps de s'en aller.
Sem dizer palavra.	Sans dire mot.
Nunca se cança de jogar.	Il ne se lasse jamais de jouer.

Il n'y a de différence qu'à l'égard des suivantes :

1° *A* entre deux verbes s'exprime par *a* en portugais, quand il s'agit de désigner que le second est l'objet du premier.

---

(1) C'est ici le futur du subjonctif, à cause de *que.*
(2) Même observation

A tardança das nossas espe-ranças nos ensina a mortifi-car os nossos dezejos.	L'éloignement de nos espérances nous enseigne à réprimer nos désirs.
Elle começa a discorrer.	Il commence à raisonner.

2° Il s'exprime par *para* pour désigner intention, utilité.

A adversidade serve para (et non *a*) *experimentar a pacien-cia.*	L'adversité sert à éprouver la patience.
Está prompto para (et non *a*) *obedecer.*	Il est prêt à obéir.

3° Par *em*, comme *diverte-se em caçar;* il se plait à chasser ; *perde o seu tempo em passear,* il perd son temps à se promener.

4° Par *por* signifiant *à force de : elle está doente por trabalhar demasiadamente,* il s'est rendu malade à travailler outre mesure.

5° Par *que*, comme *não ha que dizer, que vér,* il n'y a rien *à* dire, à voir, etc.

Les *participes* joints à *ter,* avoir, sont toujours indéclinables ; ceux joints à *ser,* être, s'accordent en |genre et en nombre avec le nom qui gouverne le verbe.

Minha irmã tem vendido as vos-sas joias.	Ma sœur a vendu vos bijoux.
As vossas joias são vendidas.	Vos joyaux sont vendus.
O juiz lhe tinha feito (1) *cortar a cabeça.*	Le juge lui avait fait couper la tête.
Os preguiçosos são censurados.	Les paresseux sont blâmés.
Eu tinha levado (et non pas *le-vados*) *as cartas.*	J'avais apporté les lettres.

---

(1) Il y a des poëtes qui disent *feita,* mais c'est une licence qu'on ne doit pas se permettre en prose.

Les *ger* ne s'emploient point devant les participes en portugais. Ces expressions françaises, ayant dit cela, ayant achevé le discours, etc., doivent être traduites par le participe absolu dont nous avons parlé: *dito isto, acabado o sermão,* etc.

Le participe présent, dans les verbes qui en sont susceptibles, se termine en *e* au singulier pour les deux genres, et en *es* pour le pluriel. Il diffère du participe français, en ce que celui-ci n'est point déclinable. Il faut le faire accorder en nombre avec le nom qui le précède.

EXEMPLES :

Um homem temente a Deos.	Un homme craignant Dieu.
Um homem e uma mulher tementes a Deos.	Un homme et un femme craignant Dieu.

Il est plus élégant de mettre le nominatif après le gérondif.

EXEMPLE :

Estando meu pae vaux mieux que *meu pae estando,* mon père étant, etc.

OBSERVATION.

Nous nous proposons de terminer cette seconde partie par un traité des particules et des prépositions, d'y ajouter quelques observations sur les idiomes, sur les proverbes, et d'y joindre quelques dialogues familiers, selon l'usage de ceux qui écrivent sur les langues étrangères.

Prépositions.

1° *Em, en* et *dans,* se contracte avec les articles.

On dit : *no,* dans le; *na,* dans la; *nos* et *nas,* dans les.

EXEMPLES :

Em coche, en carrosse, parce qu'il n'y a point d'article; *no gabinete,* dans le cabinet; *na papeleira,* dans *le* bureau; *nas gavetas,* dans *les* tiroirs, etc., à cause des articles.

On dit aussi : *duas vezes* no *dia*, deux fois *par* jour;
uma vez no *mez*, une fois par mois, etc., parce qu'ici
c'est comme s'il y avait dans le jour, dans le mois, etc.

2° *Com*, *avec*, s'unit avec les pronoms personnels de la
manière suivante :

Commigo, avec moi; *comtigo*, avec toi; *comnosco*, avec
nous; *comvosco*, avec vous; *comsigo*, avec lui, eux, elle
et elles.

Il signifie quelquefois *envers* et *à l'égard de*, etc.

Sejamos piedosos com *os pobres*, soyons compatissants envers les pauvres.

3° *Para*, pour, et *por*, pour et par.

Nous avons déjà parlé de ces deux prépositions.

Para suivi de *que* interrogeant signifie pourquoi.

EXEMPLES :

Para que é isto ?	Pourquoi est ceci ?
Para mim.	Pour moi.

Porque et *por quanto*, en interrogeant, signifient pourquoi; en répondant, ils signifient parce que et pour.

EXEMPLES :

Porque não vindes ?	Pourquoi ne venez-vous pas ?
Porque não tenho tempo.	Parce que je n'ai pas le temps.
Por quanto o vendéis ?	Combien le vendez-vous ?
Vendo-o tanto.	Je le vends tant.

Por suivi de *ser*, être, équivaut aux expressions suivantes :

Quelque pauvre qu'on soit, *por ser pobre* ou *por pobre
que seja*; quelque riches qu'ils soient; *por ser ricos* ou
por ricos que sejão, etc.

Por quanto que seja, quelque peu que ce soit.

Por mim, quant à moi.

On dit aussi : *para mim,* quant à moi; *para outra parte,* vers un autre lieu; *para cincoenta annos,* environ cinquante ans, etc.

Por se contracte avec les articles *pelo, pela, pelos, pelas,* et signifie pour le, pour la, pour les, ou pour le, la, les.

EXEMPLES :

Por empenho.	Par protection.
Pelo seu empenho.	Par votre protection.
Por cima, por baixo.	Par haut, par bas.

4° *Até* a les significations suivantes :

EXEMPLES :

Até onde ?	Jusqu'où ?
Até Roma.	Jusqu'à Rome.

Até quando ? Jusqu'à quand? *Até que eu viva,* tant que je vivrai ; *até que,* jusqu'à ce que; ou *até tanto,* ou *até quanto, até então,* jusqu'alors; *até lá,* jusque-là ; *até aqui,* jusqu'ici.

5° *Ainda* signifie encore, même, encore que, quoique; on dit aussi *ainda assim* pour exprimer *malgré cela,* quoi qu'il en soit.

EXEMPLES :

Elle ainda não veio.	Il n'est pas encore venu.
Ainda seria vergonha.	Il y aurait même de la honte.
Ainda que assim fosse.	Encore qu'il en fût ainsi, quoiqu'il en fût ainsi, quand bien même il en serait ainsi, etc.
Ainda assim sempre foi louvavel.	Malgré cela, quoiqu'il en soit, il fut toujours estimable.

6° *Já, há já,* n'est souvent que de remplissage : *há já dous annos,* il y a déjà deux ans; on dit aussi *já desde, já que,* depuis, puisque, etc. ; *já que isso é,* puisque cela est.

Já desde o princípio.	Depuis le commencement.

Já porque répété signifie : *já porque sim, já por-*
que não, parce que oui, parce que non.

De quelques particules.

1° *Com que*, comme ainsi soit, n'est qu'une particule in-
troductive.

EXEMPLE :

Com que havia um homem en-	Comme il y avait un homme ma-
fermo.	lade.

2° *Quer* répété se traduit par soit que, ou.

EXEMPLE :

Quer elle queira, quer não.	Soit qu'il veuille ou non.

3° *Se quer*, synonyme de *ao menos*, au moins; on dit
aussi *se quer um*, pas un.

4° *Quando muito*, au plus; *dês libras quando muito*,
dix livres tout au plus.

5° *Tanto quanto*, autant que, ou *tanto como*, comme.

EXEMPLES :

Amo-te tanto como a mim mes-	Je t'aime comme moi-même.
mo.	
Tanto quanto pósso.	Autant que je puis.
Tanto mais, tanto menos.	D'autant plus, d'autant moins.

Com tanto signifie pourtant que, pourvu que : *com tanto*
que o façais, pourvu que vous le fassiez.

6° *Como*, comme, a les significations suivantes :

EXEMPLES :

Como?	Comment?
Como lhe hei de fallar?	Comment dois-je lui parler?
Como assim?	Comment cela?
Como!	Quoi! Pourquoi!
Como quer que seja.	De quelque manière que cela soit,
	quoiqu'il en soit, etc.

Como isto assim é.	Puisqu'il en est ainsi.
Como se.	Comme si.
Como tambem.	Aussi bien que.
Rico como é.	Riche comme il est, tout riche qu'il est, quoiqu'il soit riche, quelque riche qu'il soit, etc.
Como lá não esteja.	Pourvu qu'il n'y soit pas.
Não sei como fazer.	Je ne sais que faire.

7° *Assim*, ainsi.

EXEMPLES :

Assim seja.	Ainsi soit, à la bonne heure.
Assim é.	Cela est vrai.
Para assim dizer.	Pour ainsi dire, presque, quasi.
Tanto assim.	De sorte que.
Assim como.	De même que, tout ainsi que.
Assim como assim.	Après tout.
Assim na paz como na guerra.	Aussi bien en paix comme en guerre, ou tant en paix qu'en guerre.
Assim, assim.	Là, là; ni bien ni mal, tout doucement, indifféremment.

8° *Embora* est une particule explétive qui n'a point de synonyme en français, à moins qu'elle ne réponde à l'adverbe *hardiment, dire toujours,* qu'on emploie quelquefois dans ce sens. Dites hardiment ce que vous voulez, dites toujours, etc. ; *dizei embora o que quizerdes.* Les personnes qui savent l'italien trouveront qu'elle répond au mot *pure.*

9° *Não* suivi de *porque* signifie non pas que, non que.

EXEMPLE :

Não porque a cousa seja impossivel, mas porque, etc.	Non pas que la chose soit impossible, mais parce que, etc. ; ou bien ce n'est pas que la chose soit impossible, mais c'est que, etc.

10° *Tambem* ou *outro-sim* signifient aussi, pareillement, de même.

EXEMPLE :

E eu tambem.   Et moi aussi , etc.

Pois est une espèce de particule interjective, qui est d'un fréquent usage en portugais; elle répond au *donc* français, eh bien! soit! etc.; il sert aussi à donner plus de force à une affirmation.

EXEMPLES :

Pois ide, mas voltai logo.	Allez donc, mais revenez sur-le-champ.
Pois não sou eu capaz de fa-ze-lo ?	Quoi donc! ne suis-je pas capable de le faire ?
Pois porque me vigiaes ?	Eh bien! pourquoi m'espionnez-vous ?
Pois eu digo que sim.	Et moi je dis qu'oui.
Virá elle ?	Viendra-t-il ?
Pois não.	Certainement il viendra.

DIALOGUES.

I.

Tenha Vm. muito bons dias.	Bonjour, monsieur.
Como está Vm.? Como passa Vm.?	Comment vous portez-vous, monsieur?
Bem, não muito bem, vou passando.	Bien, pas trop bien, tout doucement.
Muito bem para o servir.	Très-bien, à votre service.
Fico-lhe muito obrigado.	Je vous suis bien obligé.
Viva Vm. muitos annos.	Je vous remercie.
Como está ou passa o senhor seu irmão?	Comment se porte monsieur votre frère?
Muito bem, não muito bem.	Très-bien, pas très-bien.
Elle terá o gôsto de vér a Vm.	Il sera bien aise de vous voir.
Não teréi tempo para ir vê-lo hoje.	Je n'aurai pas le temps de le voir aujourd'hui.
Faça favor de assentar-se.	Ayez la complaisance de vous asseoir.
Dá uma cadeira ao senhor.	Donnez un chaise à monsieur.
Não é necessario.	Il n'est pas nécessaire.
Tenho que ir fazer uma visita aqui perto.	J'ai une visite à faire ici près.
Vm. tem muita pressa.	Vous êtes bien pressé.
Eu logo voltarei.	Je reviendrai tantôt.
Adeos meu senhor.	Adieu, monsieur.
Fôlgo de o vér com boa saúde.	Je suis bien aise de vous voir eu bonne santé.
Beijo as mãos de Vm.	Je vous baise les mains.
Sou criado de Vm.	Je suis votre serviteur.
Sou muito seu criado.	Je suis votre très-humble serviteur.

II.

Onde está teu amo?	Où est ton maître?
Ainda dorme?	Dort-il?
Não senhor, elle está acordado.	Non, monsieur, il est éveillé.
Está já levantado?	Est-il déjà levé?

Não senhor, elle ainda está na cama.	Non, monsieur, il est encore au lit.
Que vergonha de estar na cama a estas horas?	Quelle honte d'être encore au lit, à cette heure!
Hontem á noite deitei-me tão tarde, que não me pude levantar cedo esta manhã.	Hier soir je me couchai si tard, que je n'ai pu me lever de bonne heure ce matin.
Que fizerão Vmm. de pois de cêia?	Que fîtes-vous après souper?
Dançámos, cantámos, rimos, e jogámos.	Nous dansâmes, nous chantâmes, nous rîmes, et nous jouâmes.
A que jogo?	A quel jeu?
Aos centos.	Au piquet.
Quanto me pêza de o não ter sabido!	Que je suis fâché de ne l'avoir pas su!
Quem ganhou?	Qui a gagné?
Quem perdeu?	Qui a perdu?
Eu ganhei dés moedas.	Je gagnai dix monnaies.
Até que horas jogárão Vmm.?	Jusqu'à quelle heure jouâtes-vous?
Até ás duas horas depois da meia-noite.	Jusqu'à deux heures après minuit.
A que horas foi Vm. para a cama?	A quelle heure allâtes-vous vous coucher?
A's tres, ás tres horas e meia.	A trois heures, trois heures et demie.
Não me admiro que Vm. se levante tão tarde.	Je ne m'étonne plus que vous vous leviez si tard.
Que horas são?	Quelle heure est-il?
Que horas lhe parece que sejão?	Quelle heure pensez-vous qu'il soit?
Parece-me que apenas são oito.	Tout au plus huit heures.
Sim! oito!	Comment? huit heures!
Ja derão dés.	Il en est dix sonnées.
Então é preciso que me levante já.	En ce cas, il faut que je me lève sans perdre de temps.

III.

Quem está ahi?	Y a-t-il quelqu'un ici?
Que quer Vm.?	Que demandez-vous, monsieur?
Despacha-te, accende o lume, e veste-me.	Dépêchez-vous, faites du feu, et habillez-moi.
Há muito bom lume.	Il y a fort bon feu.
Dá-me a minha camisa.	Donnez-moi ma chemise.

Ei-la aqui, senhor.	La voici, monsieur.
Não está quente; está muito fria.	Elle n'est pas chaude, elle est très-froide.
Eu a aquentarei, se Vm. quizer.	Je la chaufferai, si vous le désirez.
Não, não, traz-me as minhas meias de seda.	Non, non; donnez-moi mes bas de soie.
Uma d'ellas está rôta.	Il y en a un de déchiré.
Dá-lhe um ponto, concerta-a.	Faites-y un point, raccommodez-le.
Dei-as á palmilhadeira.	Je l'ai donné à la ravaudeuse.
Fizeste bem.	Vous avez bien fait.
Onde estão as minhas chinelas?	Où sont mes pantoufles?
Onde está o meu chambre?	Où est ma robe de chambre?
Penteia-me.	Donnez-moi un coup de peigne.
Procura outro pente.	Cherchez un autre peigne.
Dá-me o meu lenço.	Donnez-moi mon mouchoir.
Eis-aqui um lavado.	En voici un blanc.
Dá-me o que está na minha algibeira.	Donnez-moi celui qui est dans ma poche.
Dei-o á lavadeira, estava çujo.	Je l'ai donné à la blanchisseuse; il était sale.
Trouxe ella já a minha roupa?	A-t-elle-déjà rapporté mon linge?
Sim, senhor, e não falta nada.	Oui, monsieur, il n'y manque rien.
Traz-me os meus calções.	Apportez-moi ma culotte.
Que vestido quer Vm. para hoje?	Quel habit mettez-vous aujourd'hui?
O mesmo de hontem.	Celui que j'avais hier.
O alfaite há-de trazer logo o seu vestido.	Le tailleur doit apporter votre habit tout à l'heure.
Batem á porta, vê lá quem é.	On frappe, voyez qui est-ce.
Quem é?	Qui est-ce?
É o alfaiate?	C'est le tailleur.
Deixa-o entrar.	Faites-le entrer.

IV.

Traz-me o meu vestido?	Apportez-vous mon habit?
Sim, senhor, ei-lo aqui.	Oui, monsieur, le voici.
Há muito tempo que estou esperando por elle.	Il y a longtemps que vous me faites attendre.
Não pude vir até agora.	Je n'ai pu venir plus tôt.
Não estava acabado.	Il n'était pas fini.
Ainda não estava forrado.	La doublure n'était pas cousue.
Quer Vm. vestir a casaca para vêr se lhe está bem?	Voulez-vous essayer si le surtout va bien?

Vejamos se está bem feita.	Voyons s'il est bien fait.
Tenho para mim que lhe há-de agradar.	Je crois que vous en serez content.
Parece-me muito comprida.	Il me paraît bien long.
É uso agora de traze-las compridas.	On les porte fort longs à présent.
Abotoe-a.	Boutonnez-le.
É muito apertada.	Il est bien juste.
Assim deve ser para que lhe esteja bem ao corpo.	Il faut qu'il soit juste pour bien aller.
Não são as mangas demasiadamente largas?	Les manches ne sont-elles pas trop larges?
Não, senhor, estão-lhe admiravelmente.	Non, monsieur, elles vous vont à merveille.
Os calções são muito apertados.	Les culottes sont bien étroites.
É a moda de agora.	C'est la mode aujourd'hui.
Este vestido está-lhe bizarramente.	Cet habit vous va on ne peut mieux.
É muito curto, muito comprido, muito grande, muito pequeno.	Il est trop court, trop long, trop large, trop petit, etc.
Fez a sua conta?	Avez-vous fait votre mémoire?
Não, senhor, não tive tempo.	Non, monsieur, je n'ai pas eu le temps.
Traga-a amanhã, e pagar-lh'a-hei.	Apportez-le demain, et je vous payerai.

V.

Traz-nos alguma cousa para almoçar.	Apportez-nous quelque chose pour déjeuner.
Sim, senhor, há linguiças e pastelinhos.	Il y a, monsieur, des saucisses et des petits pâtés.
Gosta, Vm. de presunto?	Voulez-vous du jambon?
Sim, traze-o; comeremos uma talhada d'elle.	Oui, apportez; nous en mangerons une tranche.
Estende um guardanapo sôbre a mesa.	Étendez une nappe sur la table.
Dá-nos pratos, facas e garfos.	Donnez-nous des assiettes, des couteaux et des fourchettes.
Lava os copos.	Rincez les verres.
Assente-se Vm.	Asseyez-vous, monsieur.
Aqui ficarei muito bem.	Je serai fort bien ici.

Véjámos se o vinho é bom.	Voyons si le vin est bon.
Dá cá aquella garráfa com a-quelle cópo.	Donnez un peu cette bouteille et un verre.
Faça favor de provar aquelle vinho.	Goûtez ce vin, je vous prie.
Como lhe agrada?	Comment le trouvez-vous ?
Que diz Vm. d'elle ?	Qu'en dites-vous ?
Não é máo, é muito bom.	Il n'est pas mauvais, il est fort bon.
Eis-aqui linguiças; tira aquelle prato.	Voilà les saucisses; ôtez cette assiette.
Coma Vm. linguiças.	Mangez des saucisses.
Ja comi algumas; ellas são muito boas.	J'en ai mangé, elles sont fort bonnes.
Dá-me de beber.	Donnez-moi à boire.
A' saúde de Vm. : bom proveito-lhe faça.	Grand bien vous fasse.
Dá de beber ao senhor.	Donnez à boire à monsieur.
Eu bebi ainda agora.	Je viens de boire.
Os pastelinhos erão bem bons.	Les petits pâtés étaient excellents.
Estavão um pouco mais cozidos do que devião estar.	Ils étaient un peu trop cuits.
Vm. não come.	Vous ne mangez pas.
Tenho comido tanto, que não poderei jantar.	J'ai tant mangé que je ne pourrai pas dîner.
Vm. está zombando; não tem comido quasi nada.	Vous plaisantez; vous n'avez presque rien mangé.
Tenho comido com muito gôsto, tanto das linguiças como do presunto.	Pardonnez-moi, j'ai beaucoup mangé des saucisses et du jambon.

VI.

Como vai Vm. como o seú portuguez?	Comment va la langue portugaise ?
Está Vm. muito adiantado n'elle?	Êtes-vous bien avancé ?
Ainda me falla muito; não sei quasi nada.	Tant s'en faut; je ne sais presque rien.
Dizem porém que Vm. o falla muito bem.	On dit pourtant que vous la parlez à merveille.
Prouvéra a Deos que assim fôsse?	Plât à Dieu qu'il en fût ainsi
Os que dizem isso estão muito enganados.	Ceux qui disent cela se trompent fort.

Esteja Vm. na certeza que assim m'o disserão.	Je vous assure qu'on me l'a dit.
Posso fallar algumas palavras que aprendi de cór.	Je dis quelques mots que j'ai appris par cœur.
É unicamente o que é necessa- para começar a fallar.	C'est ce qu'il faut pour commencer à parler.
O começar não é bastante, é preciso que Vm. acabe.	Ce n'est pas le tout de commencer, il faut finir.
Falle Vm. sempre ou bem ou mal.	Parlez toujours bien ou mal.
Tenho médo de commetter erros.	Je crains de faire des fautes.
Não tenha Vm. médo; a lingua portugueza não é difficil.	N'ayez pas peur, la langue portugaise n'est pas difficile.
Conheço isso, e tambem que ella é muito engraçada.	Je le sais; je n'ignore pas non plus qu'elle est pleine de grâces.
Que felicidade será a minha se eu a souber bem!	Que je serais heureux de la bien savoir!
A applicação é o unico meio de aprende-la.	L'application est le seul moyen d'y réussir.
Quanto tempo há que Vm. a aprende?	Combien de temps y a-t-il que vous l'apprenez?
Apenas há um mez.	Il y a tout au plus un mois.
Como se chama o seu mestre?	Comment se nomme votre maître?
Chama-se Antonio.	Il se nomme Antoine.
Elle tem ensinado alguns dos meus amigos.	Il a enseigné à plusieurs de mes amis.
Não lhe diz elle ser preciso que falle sempre portuguez?	Ne vous dit-il pas qu'il faut toujours parler portugais?
Sim, senhor, assim me diz muitas vezes.	Oui, monsieur, il me le dit souvent.
Pois, porque não falla Vm.?	Eh bien! pourquoi ne le parlez-vous pas?
Eu quizera fallar, mas não me atrevo.	Je le voudrais bien, mais je n'ose.

VII.

Que tempo faz?	Quel temps fait-il?
O tempo está admiravel.	Le temps est très-beau.
O tempo está ruim.	Il fait très-beau.
Faz frio? Faz calma?	Fait-il froid? fait-il chaud?
Não faz frio, não faz calma.	Il ne fait pas froid, il ne fait pas chaud.

Chove ? Não chove ?	Pleut-il? ne pleut-il pas ?
Não o creio.	Je ne le crois pas.
O vento está mudado.	Le vent est changé.
Teremos chuva.	Nous aurons de la pluie.
Hoje não há-de chover.	Il ne pleuvra pas aujourd'hui.
Chove ; chove a cantaros.	Il pleut ; il pleut à verse.
Está nevando.	Il neige.
Troveja.	Il tonne.
Cahe pedra.	Il grêle.
Relampeia.	Il éclaire.
Faz muita calma.	Il fait très-chaud.
Geou a noite pessada ?	A-t-il gelé la nuit dernière?
Não, senhor; mas agora está geando.	Non, monsieur, mais à présent il gèle.
Parece-me que há nevoeiro.	Il me semble qu'il y a du brouillard.
Vm. não se engana, assim é.	Vous avez raison, cela est vrai.
Vm. tem um grande catarro, ou estillicidio.	Vous avez un rhume violent.
Há quinze dias que o tenho.	Il y a quinze jours que je suis enrhumé.
	Quelle heure est-il ?
Que horas são ?	Il est de bonne heure, il n'est pas tard.
É cedo, não é tarde.	
É tempo de almoçar.	Est-il temps de déjeuner ?
Pouco falta para serem horas de jantar.	Ce sera bientôt l'heure de dîner.
Que faremos depois de jantar?	Que ferons-nous après dîner ?
Daremos um pesseio, ou iremos passear.	Nous ferons un tour de promenade.
Vamos dar uma vólta.	Faisons un tour.
Não vamos fóra com este tempo.	On ne peut pas sortir de ce temps ci.

VIII.

Que vai de novo ? ou Que novas há ?	Qu'y a-t-il de nouveau?
Sabe Vm. alguma cousa de novo ? ou Sabe Vm. algumas ?	Savez-vous quelque chose de nouveau?
Não tenho ouvido nada de novo.	Je n'ai rien entendu dire de nouveau.
De que se falla pela cidade ?	Que dit-on dans la ville ?
Não se falla de nada	On ne dit rien.

Não ouviu fallar de guerra?	N'avez-vous pas entendu parler de la guerre?
Não ouço fallar disso.	Je n'en ai rien ouï dire.
Porém falla-se de um cêrco.	On parle cependant d'un siége.
Fallou-se nisso, mas não é verdade.	Il en a été question, mais il n'y a pas un mot de vrai.
Antes pelo contrario falla-se de paz.	Au contraire, on parle de paix.
Assim o creio.	Je le crois.
Que se diz na côrte?	Que dit-on à la cour?
Falla-se de uma viajem.	On parle d'un voyage.
Quando lhe parece que el-rei partirá?	Quand croyez-vous que le roi partira?
Não se sabe; não se diz quando.	On n'en sait rien, on ne dit pas quand.
Onde, ou para onde se diz que elle irá?	Où dit-on qu'il ira?
Uns dizem que irá a Flandres, e outros á Allemanha.	Les uns disent en Flandre, les autres en Allemagne.
E que diz a gazeta?	Et que dit la gazette?
Eu não a li.	Je ne l'ai pas lue.
É verdade o que se diz do senhor?...	Ce qu'on dit de M.*** est-il vrai?
Pois que se diz d'elle?	Qu'en dit-on?
Dizem que está ferido mortalmente.	On dit qu'il est blessé à mort.
Muito me pezaria disso: elle é homem de bem.	J'en serais bien fâché; c'est un parfait honnête homme.
Quem o feriu?	Qui est-ce qui l'a blessé?
Dous marotos que o investirão.	Deux coquins qui ont fondu sur lui.
Sabe-se porque?	Sait-on pourquoi?
A noticia que corre é que deu n'um d'elles um bofetão.	Le bruit court qu'il avait souffleté l'un d'eux.
Eu não creio isso.	Je ne puis le croire.
Nem eu tão pouco.	Ni moi non plus.
Credo saberemos a verdade	Quoi qu'il en soit, nous saurons la vérité.

IX.

Dé-me uma folha de papel, uma penna, e uma pouca de tinta.	Donnez-moi une feuille de papier, une plume et de l'encre.

7

Vá ao meu quarto, e achará em cima de mesa tudo ó que lhe for preciso.	Passez dans mon cabinet, vous trouverez sur la table tout ce qui vous sera nécessaire.
Não há pennas.	Il n'y a pas de plumes.
Há grande quantidade d'ellas na escrivaninha.	Il y en a plusieurs dans l'écritoire.
Não prestão para nada.	Elles ne valent rien.
Lá há outras.	Il y en a d'autres.
Não estão aparadas.	Elles ne sont pas taillées.
Onde está o seu canivete?	Où est votre canif?
Sabe Vm. aparar pennas?	Savez-vous tailler les plumes ?
Eu aparo-as a meu modo.	Je les taille à ma main.
Esta não está má	Celle-ci n'est pas mauvaise.
Em quanto acabo esta carta, faça-me o favor de fechar as outras, e fazer um maço d'ellas.	Quand j'aurai fini cette lettre, faites-moi le plaisir de cacheter les autres et d'en faire un paquet.
Que sêllo quer Vm. que eu lhes ponha?	Quel cachet voulez-vous que j'y mette?
Selle-as com o meu sinete, ou com as minhas armas.	Mettez-y mon cachet ou mes armes.
Com que lacre quer Vm. que as feche?	De quelle cire faut-il les cacheter ?
Feche-as com o vermelho ou com o prêto; seja qual fôr, não importa.	Rouge ou noire, peu importe.
Poz Vm. a data?	Avez-vous mis la date?
Parece-me que sim; mas ainda não as assignei.	Je crois que oui; mais je n'ai pas signé.
A quantos estámos hoje do mez?	Quel quantième avons-nous aujourd'hui ?
A oito, a dés, a quinze, a vinte.	Le huit, le dix, le quinze, le vingt.
Ponha o sobrescripto.	Mettez l'adresse.
Onde está a arêia?	Où est la poudre ?
Vm. nunca tem arêia.	Vous n'avez jamais de poudre.
Ahi há alguma no areieiro.	Il y en a dans le sablier.
Aqui está o seu criado: quer Vm. que elle leve as cartas ao correio.	Voici votre domestique; voulez-vous qu'il porte les lettres à la poste ?
Leva as minhas cartas ao correio, e não te esqueças de pagar o porte.	Portez mes lettres à la poste, et n'oubliez pas de les affranchir.

Não tenho dinheiro.	Je n'ai pas d'argent.
Ahi está uma moeda.	Voici une pièce.
Vai depressa e vem logo.	Allez promptement, et revenez tout de suite.

X.

Que quer Vm.?	Que désirez-vous, monsieur?
Quero bom panno fino para um vestido.	Je voudrais un bon drap fin pour me faire un habit.
Tenha Vm. a bondade de entrar, e verá o mais bello panno de Paris.	Ayez la bonté d'entrer, monsieur, vous verrez le plus beau drap qu'il y ait à Paris.
Deixe-me vér o melhor que Vm. tem.	Faites-moi voir ce que vous avez de meilleur.
Eis um excellente, que agora se costuma trazer.	En voici un excellent et des plus à la mode.
É bom panno; mas a côr não me agrada.	C'est un bon drap, mais la couleur ne me plait pas.
Aqui está outra peça que tem a côr mais clara.	En voici une autre pièce dont la couleur est moins foncée.
Agrada-me a côr; mas o panno não é forte, não tem corpo.	La couleur me plait assez; mais le drap n'est pas fort, il n'a point de corps.
Veja esta peça: Vm. não achará em nenhuma parte outra tão boa como ella.	Voyez cette pièce, vous n'en trouverez nulle part une aussi bonne.
Quanto péde Vm. por cada covado?	Combien vendez-vous l'aune?
O seu justo preço é de duas moedas.	C'est au juste deux monnaies.
Senhor não costumo pôr-me a regatear: faça favor de dizer-me o ultimo preço.	Je ne suis point dans l'usage de marchander; dites-moi, je vous prie, votre dernier prix.
Ja disse a Vm. que aquelle é o seu justo preço.	Je vous l'ai dit, monsieur, c'est le plus juste prix.
É muito caro; dar-lhe-hêi a Vm.....	C'est trop cher; je vous en donnerai.....
Não posso abater um ceitil.	Je ne puis en rabattre un denier.
Vm. quiz saber o ultimo preço e eu disse-lho.	Vous m'avez demandé le juste prix, je vous l'ai dit.
Ora vamos, córte lá dous covados.	Allons, coupez-m'en deux aunes.

Asseguro-lhe como homem de bem, que não ganho nada com Vm.

Je vous proteste, en honnête homme, que je ne gagne rien avec vous.

Ahi tem Vm. quatro moedas de ouro.

Voici quatre monnaies d'or.

Adeos, senhor, sou criado de Vm.

Adieu, monsieur, je suis votre serviteur.

XI.

Quantas legoas há d'aqui a Paris?

Combien y a-t-il de lieues d'ici à Paris?

Há oito legoas.

Il y a huit lieues.

Nós não poderemos chegar lá hoje, é muito tarde.

Nous ne pourrons jamais y arriver aujourd'hui; il est trop tard.

Não é senão meio-dia: Vmm. ainda teem bastante tempo.

Midi n'est pas encore sonné; vous avez encore le temps nécessaire.

A estrada é boa?

La route est-elle bonne?

Não é muito boa; passão-se bosques e rios.

Elle n'est pas trop bonne; il y a des bois et des rivières à passer.

Há algum perigo n'ella?

Y a-t-il du danger?

Não há noticias d'isso; é estrada-real em que se encontra gente a cada passo.

On n'en parle pas; c'est une grande route, sur laquelle on rencontre du monde à chaque pas.

Pois não dizem que há ladrões nos bosques?

Ne dit-on pas qu'il y a des voleurs dans les bois?

Não há de que ter mêdo, nem de dia, nem de noite.

Il n'y a rien à craindre ni de jour ni de nuit.

Por onde se vai?

Quelle route suit-on?

Quando Vmm. chegarem ao pé do outeiro é preciso que tomém á mão direita.

Quand vous serez au pied de la colline, il faudra tourner à main droite.

Pois não é necessario subir um outeiro.

Il ne faut pas gravir la colline?

Não, senhor, não há outeiro senão uma pequena ladeira, ou descida no bosque.

Non, monsieur; il n'y a d'autre colline qu'un petit coteau dans le bois.

Custa a atinar com o caminho pelo meio dos bosques?

Le chemin est-il difficile à travers les bois?

Vmm. não podem errá-lo.

Vous ne pouvez pas vous y tromper.

Logo que Vmm. sahirem do bosque, lembrem-se de tomar á mão esquerda.

Aussitôt que vous serez sorti du bois, souvenez-vous de prendre à main gauche.

Viva Vm. muito annos; fico-lhe muito obrigado.	Je vous remercie, monsieur, je vous suis infiniment obligé.
Vámos, vámos, senhores, a cavallo!	Allons, allons, messieurs, à cheval!
Onde está o marquez?	Où est le marquis?
Elle foi adiante.	Il est allé en avant.
Elle há-de estar esperando por Vm. logo alli fóra da cidade.	Il vous attendra hors la ville.
Porque está Vm. agora esperando? Ora vámo-nos d'aqui, acabemos.	Qu'attendez-vous, monsieur? partons, dépêchons-nous.
Fiquem-se embora, senhores; adeos.	Adieu, messieurs, adieu.
Fação Vmm. muito boa jornada.	Je vous souhaite un bon voyage.

XII.

Com que assim estámos chegados á estalagem.	Nous voici donc arrivés à l'auberge.
Apeiemo-nos, senhores.	Arrêtons-nous, messieurs.
Pega nos cavallos d'estes senhores, e trata d'elles.	Prenez les chevaux de ces messieurs, et ayez-en soin.
Vejamos agora o que Vm. nos há-de dar para ceiar.	Voyons maintenant ce que vous avez à nous donner pour souper.
Um capão, meia duzia de pombos, uma salada, seis codornizes, e uma duzia de calhandras.	Il y a un chapon, une demi-douzaine de pigeons, une salade, six cailles, et une douzaine d'alouettes.
Querem Vmm. mais alguma cousa?	Voulez-vous quelque autre chose?
Isto é bastante; dé-nos algum vinho que seja bom e uma sobremesa.	Ceci suffira; donnez-nous du vin qui soit bon, et du dessert.
Deixem Vmm. isso por minha conta: eu lhes prometto que fiquem bem servidos.	Rapportez-vous à moi, messieurs, je vous promets que vous serez bien servis.
Alumia aos senhores.	Éclairez ces messieurs.
Dé-nos de ceiar o mais depressa que fôr possivel.	Donnez-nous à souper le plus tôt possible.
Antes que Vmm. tenhão descalçado as botas, estará a ceia na mesa.	Avant que vous soyez débottés, le souper sera servi.

Tem cuidado que tragão para cima as nossas malas e pistólas.	Faites monter nos malles et nos pistolets dans notre chambre.
Descalça-me as botas, e depois irás vêr se derão algum feno aos cavallos.	Tirez mes bottes, et vous irez voir ensuite si nos chevaux ont à manger.
Leva-os ao rio, e tem cuidado que lhes deem alguma avcia.	Faites-les mener à l'eau, et veillez à ce qu'on leur donne de l'avoine.
Eu terei cuidado de tudo; estejão Vmm. descançados.	J'aurai l'œil à tout, ne vous mettez pas en peine.
Senhores, a ceia está prompta, está na mesa.	Messieurs, le souper est prêt; vous êtes servis.
Já vámos.	Nous y allons.
Vámos ceiar, senhores, para nos irmos deitar cedo.	Allons souper, messieurs, afin de nous coucher de bonne heure.
Dá-nos agoa para lavar as mãos.	Donnez-nous de l'eau pour nous laver les mains.
Sentemo-nos senhores, sentemonos á mesa.	Assayons-nous, messieurs, mettons-nous à table.
Dá-nos de beber.	Donnez-nous à boire.
A' saúde de Vmm. meus senhores.	A votre santé, messieurs.
É bom o vinho?	Le vin est-il bon?
Não é mão.	Il n'est pas mauvais.
O capão não está bem assado.	Le chapon n'est pas assez cuit.
Dê-nos umas poucas de laranjas, e uma pouca de pimenta.	Donnez-nous quelques oranges et un peu de poivre.
Porque não come Vm. d'estes pombos?	Pourquoi ne mangez-vous pas de ces pigeons?
Eu comi um pombo, e tres calhandras.	J'ai mangé un pigeon et trois a'ouettes.
Diz ao estalajadeiro que lhe queremos fallar.	Dites à l'hôte que nous désirons lui parler.

EXERCICES

SUR LES PARTICULES.

Se eu fôsse a vós faria aquillo. — Si j'étais à votre place, je le ferais.

Elle foi a casa do governador. — Il alla chez le gouverneur.

A sua casa está mesmo ao pé da minha. — Sa maison est tout à côté de la mienne.

Isto é nada a respeito do que posso dizer. — Cela n'est rien en comparaison de ce que je pourrais dire.

A proposito, esqueci-me dizer-lhe o outro dia. — A propos, j'oubliai de vous dire l'autre jour.

Elle faz tudo ao revés do que lhe dizem. — Il fait tout à rebours de ce qu'on lui dit.

Tomar uma cousa à boa ou à má parte. — Prendre une chose en bonne ou mauvaise part.

Uma estatua de mármore. — Une statue de marbre.

Uma ponte de madeira ou de pedra. — Un pont de bois *ou* de pierre.

Eu vou vê-lo de dous em dous dias. — Je vais le voir de deux jours en deux jours.

Elle portou-se de mal para peior. — Il se conduisit de mal en pire.

Um homem de quarenta até cincoenta annos. — Un homme entre quarante et cinquante ans.

Ponde aquillo diante do fogo. — Mettez cela vis-à-vis le feu.

Não vades tanto adiante. — N'allez pas si loin.

Depois que teve feito aquillo. — Après qu'il eut fait cela.

A sua casa está detraz da vossa. — Sa maison est derrière la vôtre.

Elle vinha detraz de mim. — Il venait derrière moi.

Ecrevo duas vezes no dia. — J'écris deux fois par jour.

Vm. irá na cadeirinha e nós no coche. — Vous irez en chaise et nous en carrosse.

Eu deixei o meu chapeo no coche. — J'ai laissé mon chapeau dans le carrosse.

Narcizo foi transformado em flor.	Narcisse fut changé en fleur.
Dar co'a cabeça na parede.	Donner de la tête contre la muraille.
Ter um menino nos braços.	Porter un enfant sur les bras.
Entregar alguma cousa nas mãos de alguem.	Mettre une chose en les mains de quelqu'un.
Vai em quatro mezes que eu aqui cheguei.	Il y a près de quatre mois que je suis arrivé ici.
Em quanto Vm faz aquillo, eu farei i_to.	Pendant que vous ferez cela, je ferai ceci.
Sejamos piedosos para com os pobres.	Soyons compatissants envers les pauvres.
O comer é necessario para conservar a vida.	Il faut manger pour se conserver la vie.
Elle é bastantemente forte para andar a cavallo.	Il est assez fort pour monter à cheval.
A occasião é muito favoravel para nos não servir-mos d'élla.	L'occasion est trop favorable pour ne pas en profiter.
Este menino está muito adiantado para a idade que tem e para o pouco tempo que apprende.	Cet enfant est bien avancé pour l'âge qu'il a, et pour le peu de temps qu'il y a qu'il apprend.
Paris é distante de S. Germano quatro para cinco legoas.	Paris est éloigné de Saint-Germain de quatre à cinq lieues.
A Asia foi conquistada por Alexandre.	L'Asie fut conquise par Alexandre.
Vós fallais nisso só por inveja	Vous n'en parlez que par jalousie.
Elle entrou pela porta, mas sahio pela janella.	Il entra par la porte, mais il sortit par la fenêtre.
Morrer por morrer, melhor é morrer combatendo que fugindo.	Mourir pour mourir, il vaut mieux mourir en combattant qu'en fuyant.
Elle alcançou o seu intento por meio de astucias.	Il est venu à bout de son dessein par astuce.
Por ou para não repetir o que já temos dito.	Pour ne pas répéter ce que nous avons déjà dit.
Por que elle é mentiroso, segue-se que tambem eu o seja?	Parce qu'il est menteur, s'ensuit-il que je le sois aussi?
Elle foi a pé desde Ruão até Paris.	Il a été à pied de Rouen à Paris
Fôrão todos mortos desde o primeiro até o ultimo.	Ils ont été tués tous du premier au dernier.

Este rio é navegavel desde o seu nascimento.

Celle rivière est navigable depuis sa source.

É um homem de tanta bondade que até os seus inimigos são obrigados a estima-lo.

C'est un si bon homme que ses ennemis même sont forcés de l'estimer.

Elle vendeu até a sua ultima camisa.

Il a vendu jusqu'à sa dernière chemise.

A balla lhe passou por cima da cabeça.

La balle lui a frisé la tête.

Elles alistárão todos que tinhão de dés annos para cima.

Ils ont enrólé tout le monde au-dessus de dix ans.

Um homem que está a cima de tudo, não se lhe dá do que o mundo diz d'elle.

Un homme qui est au-dessus de tout ne s'inquiète pas de ce qu'on dit de lui.

Elle nunca tirou os seus olhos de cima d'ella.

Il a toujours eu les yeux fixés sur elle.

Tire aquillo de cima da mesa.

Otez ceci de dessus la table.

Debaixo do imperio de Augusto.

Sous l'empire d'Auguste.

Affirmar uma cousa debaixo de juramento.

Affirmer une chose par serment ou sous la foi du serment.

Elles sahirão todos fóra dous ou tres.

Ils sortirent tous, excepté deux ou trois.

Ella lhe permitte tudo, fóra o ir às assembleas.

Elle lui permet tout, excepté d'aller aux assemblées.

Elle tem todos os poderes fóra o de concluir.

Il a tous les pouvoirs, excepté celui de conclure.

Elle está tão fóra de soccorrer os seus alliados, que se declara contra elles.

Il est si loin de donner du secours à ses alliés, qu'il se déclare contre eux.

De fronte da sua casa está um outeiro.

En face de sa maison, il y a une colline.

Elle virá sem que mandem por elle.

Il viendra sans qu'on l'envoye chercher.

Não era eu já bastantemente infeliz, semque procurasseis de accrescentar a minha infelicidade?

N'étais-je pas déjà assez malheureux, sans que vous cherchassiez encore à aggraver mes maux?

Elle foi tratado conforme a seu mercimento.

Il fut traité selon son mérite.

Sóbre as miserias da guerra, elle teve, uma desgraça.

Outre les malheurs de la guerre, il eut une disgrâce.

Sóbre tudo tende cuidado na saúde.

Surtout ayez soin de votre santé.

Ainda que *elle* *não* *tivesse* *ne-cessidade* *disso.*

Quoiqu'il n'en eût pas besoin.

Nem ainda *por cem libras.*

Pas même pour cent francs.

Já que *isso assim é.*

Puisqu'il en est ainsi.

Ja *há muito tempo que Vm sa-hiu de casa.*

Il y a déjà longtemps que vous êtes sorti.

Já *porque era cego, ja porque era coxo.*

1º Parce qu'il était aveugle, 2º parce qu'il était boiteux.

Se Vm não quer ser por elle, *não seja* se-quer *contra elle.*

Si vous ne voulez pas être pour lui, au moins ne soyez pas contre.

O nosso primeiro fim é de li-vrar-nos de todos os males, ao menos (ou seguer*) dos maio-res.*

Notre principal objet est de nous délivrer de tous les maux, au moins des plus grands.

Dé-lhe sequer *com que susten-tar-se.*

Donnez-lui au moins de quoi se nourrir.

Elles fôrão todos mortos, e nem sequer *um escapou.*

Ils furent tous tués, et pas un n'é-chappa.

Estará aqui dentro em um mez, *quando muito.*

Il sera ici dans un mois au plus tard.

Eu estou promplo para ir com *Vm um dia d'estes á comedia,* *se Vm quizer, tanto mais que se* *deve representar uma nova.*

J'irai volontiers avec vous à la co-médie un de ces jours, si vous le desirez, d'autant plus qu'on doit jouer une nouvelle pièce.

Elle é tão prudente que não tem *igual.*

Il est si prudent qu'il n'y a pas son pareil.

Este não é tão bom como o *outro.*

Celui-ci n'est pas aussi bon que l'autre.

Assim como o sol eclipsa os ou-tros planctas, etc.

De même que le soleil éclipse les autres planètes, etc.

Quizera saber se a culpa é nossa, *se vossa.*

Je voudrais savoir si c'est notre faute ou la vôtre.

Elle não faz senão *jogar.*

Il ne fait que jouer.

SECONDE PARTIE.

PHRASES

dont le sens ne peut pas se rendre littéralement
en portugais.

PHRASES

cujo sentido não póde traduzir-se litteralmente
em portuguez.

A.

Ella assistiu-lhe ao parto.	Elle l'a *accommodée*.
Uma obra perfeita.	Un ouvrage *achevé*.
Meta-se com o que lhe toca.	Mêlez-vous de vos *affaires*.
É homem que alardeia ser impio.	C'est un homme qui *affiche* l'impiété.
Dar fé, crer,	*Ajouter* foi.
O que equivale á honra de meu pae depende d'este lance.	Dans cette *affaire*, il y va de l'honneur de mon père.
Ir receber alguem.	Aller au devant de quelqu'un.
Precaver, prevenir.	Aller au devant de quelque chose.
Conhecer o modo de vida d'alguem.	Connaître les *allures* de quelqu'un.
Desafiar.	*Appeler* en duel.
Dar um bofetão ou bofetada.	*Appliquer* un soufflet.

Dar tormento a um réo.	Appliquer à la question.
Sabe esta manhã uma pessima noticia.	J'ai appris ce matin une fort mauvaise nouvelle.
Toda a gente clama contra Vm.	Tout le monde crie après vous.
O alfaiate está trabalhando no meu vestido.	Le tailleur est après mon habit.
Andar sempre atraz de alguem.	Être après quelqu'un.
Receber um criado.	Arrêter un domestique.
Esta loja está mui bem surtida.	Cette boutique est très-bien assortie.
Dedicar-se a algũma cousa.	S'attacher à quelque chose.
Ganhar o affecto de alguem.	S'attacher à quelqu'un.
Anticipar ou adiantar dinheiro.	Avancer de l'argent.
Um homem alto.	Un homme d'une taille avantageuse.
Dever a alguem muito por seus favores.	Avoir obligation à quelqu'un.
Lograr a dita.	Avoir le bonheur.
Servir-se de.	Avoir la bonté.
Estar resentido.	Avoir sur le cœur.
Ter com que passar.	Avoir de quoi.
Ter o seu cargo.	Avoir sur les bras.
Ser duro de cabeça ou dos cascos.	Avoir la tête dure.
Fallar muito.	Avoir bon bec.
Ter contra si.	Avoir à dos.
Ser curto da vista.	Avoir la vue basse.
Ter garbo.	Avoir bonne grâce.
Gozar o favor de alguem.	Avoir les bonnes grâces de quelqu'un.
Ter cara de saúde.	Avoir bon visage.
Ter ânimo para.	Avoir le cœur de.
Guardar ou ter rancor a alguem.	Avoir une dent contre quelqu'un.
Ter cara de defunto.	Avoir la mine d'un déterré.
Ter bom olfato.	Avoir bon nez.
Enojar-se facilmente.	Avoir la tête près du bonnet.
Ser reprehendido.	Avoir sur les doigts.
Ter descaramento para.	Avoir le front de.
Ter voto.	Avoir voix en chapitre.
Ter muitos meios para ganhar a vida ou chegar a seus fins.	Avoir plusieurs cordes à son arc.
Ser leve dos cascos.	Avoir la tête légère.

Estar para morrer.	Avoir la mort entre les dents.
Ter trabalho ou trabalhos.	Avoir de la peine.
Observar o proceder de alguem, não o perder de vista.	Avoir l'œil sur quelqu'un.
Gozar de boa saúde.	Avoir bon pied, bon œil.
Applicar-se com desvelo.	Avoir le cœur au métier.
Ter alguem á sua disposição.	Avoir quelqu'un dans sa manche.
Contender, renhir de palavras.	Avoir des propos avec quelqu'un.
Declarar-se author d'um livro.	Avouer un livre.
Negar-se por author d'um livro..	Désavouer un livre.

B.

Não sahir do seu desterro.	Garder son *ban*.
Quebrantar seu desterro.	Violer son *ban*.
Não escrever cousa proveitosa.	Barbouiller du papier.
Mão escriptor.	Barbouilleur de papier.
Ser advogado.	Suivre ou embrasser le parti du barreau.
Os proveitos, percalços.	Le tour de *bâton*.
Delirar.	Battre la campagne.
Receber alguem com má cara ou mostral-a.	Battre froid.
Trabalhar em vão.	Battre l'eau.
Aproveitar a occasião.	Battre le fer tandis qu'il est chaud.
O sexo feminino, as mulheres.	Le *beau* sexe.
A primavera.	La *belle* saison.
Um ingenho.	Un *bel* esprit.
Estar sempre renhindo.	Se manger le *blanc* des yeux.
Isso não tôa bem ao ouvido.	Cela *blesse* l'oreille.
Offender a modestia, o pudor.	Blesser la modestie, la pudeur.
Apresentar-se bem.	Porter bien son *bois*.
Tratar mal a alguem.	Bourrer quelqu'un.
Apurar a alguem a paciencia.	Pousser quelqu'un à *bout*.
Deixemos de fallar disso.	Brisons là-dessus.
Adornar uma historia.	Broder une histoire.
Perdeu-se o prégador, e não poude continuar seu sermão.	Le prédicateur se *brouilla*, et ne put continuer son sermon.
Elle poz me mal com meu pae.	Il m'a *brouillé* avec mon père.

C.

Tocárãe-lhe muito bem a pavana.	On l'a fouetté à double *carillon.*
Dormir no soalho.	Dormir sur le *carreau.*
Recebeu uma estocada, e cahiu morto em terra.	Il reçut un coup d'épée et resta sur le *carreau.*
Fazer-se velho.	Se *casser.*
Modo algum tanto descarado.	Façon un peu *cavalière.*
Comida regalada.	Bonne *chair.*
É um descortez.	C'est un bon *cheval.*
Cousa que não sóa bem.	Quelque chose qui *cloche.*
Saber de memória ou de cór.	Apprendre par *cœur.*
Fallar com sinceridade, confiança, satisfação.	Parler à *cœur* ouvert.
De boa vontade.	De bon *cœur.*
De má vontade.	A contre *cœur.*
No meio ou na gema do inverno, do verão.	Dans le *cœur* de l'hiver, de l'été.
Ficar sem comer.	Diner par *cœur.*
É mulher de prendas ou mulherona.	C'est une rude *commère.*
Tudo se faz por valimento e intriga.	Tout va par compère et par *commère.*
É homem de muita nobreza.	C'est un homme de *condition.*
É homem de baixo nascimento.	C'est un homme de basse *condition.*
Homem de boa índole.	Un homme d'une humeur douce, facile.
Homem de má condição.	Un homme d'une humeur difficile, acariâtre.
Desmaiar, perder os sentidos.	Perdre *connaissance,* ou tomber sans connaissance.
Estar em idade de razão.	Être en âge de *connaissance.*
Estar em terra de amigos.	Être en pays de *connaissance.*
Criticar acções alheias.	*Contrôler* les actions d'autrui.
Não toque essa tecla ou não falle d'isso.	Ne touchez pas cette *corde-là.*
Zumbem-me os ouvidos.	Les oreilles me *cornent.*
Apontar a espingarda.	*Coucher* en joue.
Pôr por escripto.	*Coucher* par écrit.
Outra vez.	Encore un *coup.*

Agora, esta vez.	Pour le *coup.*
Uma vez atraz de outra.	*Coup* sur *coup.*
Prophecia feita depois de suc-cedido o lance.	Prophétie faite après *coup.*
Atalhar a alguem o caminho.	*Couper* le chemin.
Abreviar.	*Couper* court.
Variar nas perguntas.	Se *couper.*
Quebrar ou tirar os olhos.	*Crever* les yeux.
Ser bruto, cáustico.	Être une *cruche.*
Vinho da sua vindima.	Vin de son *cru.*
Isso é do meu invento, da minha cabeça.	Cela vient de mon *cru.*

D.

Fazer correr noticias, boatos.	*Débiter* des nouvelles.
Não pósso encontrar sahida n'este assumpto.	Je ne puis trouver aucun *débou-ché* dans cette affaire.
Dizer d'alguem todo o mal pos-sivel.	Se *déchaîner* contre quelqu'un.
Desacreditar alguem; deshon-ra-lo.	*Déchirer* quelqu'un.
Tirar a cama a alguem.	*Découcher* quelqu'un.
Ceder sua cama a alguem.	Se *découcher.*
Dar, buscar desculpa.	*Donner, chercher* une défaite.
Agua temperada.	De l'eau *dégourdie.*
Desentorpeceu-se algum tanto no paço.	Il s'est un peu *dégourdi* à la cour.
Privar alguem de seu emprego.	*Démettre* quelqu'un de sa charge ou de son emploi.
Já tinha escapado.	Il était déjà *déniché.*
Ameaçar alguem.	Parler des grosses *dents.*
Fazer cara a alguem.	Montrer les *dents.*
Rir sem vontade.	Rire du bout des *dents.*
Causar prejuizo a alguem.	*Desservir* quelqu'un.
Dividas miudas.	*Dettes* criardes.
Arrepender-se.	S'en mordre les *doigts.*
Murmurar dos ausentes.	*Draper* les absents.
Moer ás pauladas.	*Rouer de coups.*
Eis um caso bem raro, parti-cular.	Voilà une *drôle* d'affaire.
É homem alegre, jovial.	C'est un *drôle de corps.*

E.

Gargalhada de riso.	Éclat de rire.
Vender a alguem as cousas por excessivo preço.	Écorcher quelqu'un.
Fallar mal uma lingua.	Écorcher une langue.
Piratas.	Écumeurs de mer.
Tomar demasiada liberdade, ser atrevido.	S'émanciper.
Saber seu officio.	Entendre son métier.
Já se sabe.	Cela s'entend.
Praticar conversar com alguem.	S'entretenir avec quelqu'un.
Mulher mundana mantida por um homem.	Femme entretenue.
Levar, passar á espada ou a cutelo.	Passer au fil de l'épée.
Ajudar.	Prêter l'épaule.
Obrar ou fallar a favor d'um pretendente.	Donner un coup d'épaule.
Abraçar um partido.	Épouser un parti.
Mandar o seu coche.	Envoyer son équipage.
É homem de intendimento, in- genho.	C'est un homme d'esprit.
É um genio ligeiro, inconstante, inquieto, etc.	C'est un esprit volage, inconstant. remuant, etc.
Ostentar erudição.	Étaler son érudition.
Ser goloso.	Être sur sa bouche.
Estar á espera.	Être à l'affût.
Estar nas ultimas ou nas gar- ras da morte.	Être à l'extrémité.
Estar ás mãos.	Être aux prises.
Livrar-se bem ou ás mãos lava- das.	En être quitte à bon marché.
Livrar-se melhor ou a pouco custo.	En être quitte à meilleur marché.
Estar á descrição de.	Être à la merci de.
Ser rico, estar bem.	Être à son aise.
Estar fallando d'alguma cousa.	En être sur une chose.
Começar a envelhecer.	Être sur le retour.
Ir de parte.	Être de moitié.
Ser simplorio, tolo.	Être de son pays.
Ter dôres de parto.	Être en mal d'enfant.
Viver, estar vivo.	Être en vie.

Ter pouco dinheiro.	*Être* court d'argent.
Estar mui pago de si.	*Être* content de soi.
Não ser muito de fiar.	*Être* sujet à caution.
Estar errado ou enganado.	*Être* dans l'erreur.
Estar fallando de alguem.	*Être* sur le chapitre de quelqu'un.
Não saber responder.	*Être* à quia.
Cartear-se.	*Être* en relation.
Estar picado contra alguem.	*Être* en pique *ou* être piqué contre quelqu'un.
Estar escutando.	*Être* aux écoutes.
Estar exposto a.	*Être* en prise à.
Estar rendido, não poder mais.	*Être* sur les dents.
Ser enganado, ficar burlado.	*Être* la dupe *ou* être dupe.
Estar suado ou alagado em suor.	*Être* tout en eau *ou* être en nage.
Saber moderar-se.	*Être* maître de soi.
Vender saude.	*Être* en pleine santé.
Zurzi-lo bem.	L'*étriller* de la bonne façon.
Está descoberto o segredo.	Le secret est *éventé*.

F.

É moço de boas maneiras.	C'est un garçon de bonnes *façons.*
Sem comprimento.	Sans *façon.*
Cumprir co'a sua obrigação.	*Faire* son devoir.
Fazer a córte, cortejar.	*Faire* la cour.
Dar os primeiros passos.	*Faire* les premiers pas.
Galantear, cortejar.	*Faire* l'amour.
Pôr médo.	*Faire* peur.
Fazer, ostentar de douto.	*Faire* le savant.
Presumir d'ingenhoso, de n-tendido.	*Faire* le bel esprit.
Dar que dizer de si.	*Faire* parler de soi.
Apartar cama.	*Faire* lit à part.
Cortar os cabellos.	*Faire* les cheveux.
Não dar quartel, matar.	*Faire* main-basse.
Dar a conhecer.	*Faire* connaitre.
Amanhecer, ser dia.	*Faire* jour.
Abrir-se caminho.	Se *faire* jour.
Dar esmola.	*Faire* la charité.
Gloriar-se de.	Se *faire* gloire de.
Comer regaladamente.	*Faire* bonne chair.
Dar lastima.	*Faire* pitié.
Envergonhar.	*Faire* honte.

8

Prejudicar.	Faire tort.
Viajar com alguem.	Faire route avec quelqu'un.
Ajustar.	Faire marché, faire prix.
Comer carne, peixe.	Faire gras, maigre.
Quebrar, fazer bancarrota.	Faire faux fond.
Divertir-se bem.	Faire bonne vie.
Fazer crer, enganar.	Faire croire, accroire.
Presumir de si.	S'en faire accroire.
Comprar.	Faire emplette.
Reclutar um soldado.	Faire un homme.
Viver em boa união (marido e muiher).	Faire bon ménage.
Tropeçar.	Faire un faux pas.
Rir ás gargalhadas.	Faire des éclats de rire.
Persignar-se.	Faire le signe de la croix.
Tomar a firme resolução de.	Faire un ferme propos de.
Estar de parto.	Faire ses couches.
Assignar uma pensão.	Faire une pension.
Abonar um sujeito, ser seu fiador.	Faire bon pour quelqu'un.
Despedir os criados e receber outros.	Faire maison neuve.
Acreditar-se.	Se faire un nom.
Levantar mexericos.	Faire des pots pourris.
Murmurar d'alguem.	Faire ds propos sur quelqu'un
Anticipar dinheiro, etc.	Faire des avances, etc.
Ter o mesmo bolsinho.	Faire bourse commune.
Gazear.	Faire l'école buissonnière.
Manter a conversação.	Faire la conversation.
Meter-se soldado, frade.	Se faire soldat, moine.
Pôr a lei.	Faire la loi.
Suscitar-se inimigos.	Se faire des ennemis.
Estabelecer ou introduzir algum costume.	Faire la planche ou faire une planche.
Fazer tôrres de vento.	Faire des châteaux en Espagne.
Fazer de melindroso.	Faire la petite bouche.
Ir-se sem pagar; quebrar.	Faire un trou à la lune.
Ostentar grandeza.	Faire le gros dos.
Trazer proveito á casa.	Faire venir l'eau au moulin.
Despedir-se.	Faire ses adieux.
Só cuidar em comer.	Faire un dieu de son ventre.
Ser hypocrita.	Faire la sainte nitouche.
Não vivirá muito tempo.	Il ne fera pas de vieux os.

Sou um homem perdido.	C'est fait de moi.
Introduzir-se.	Se faufiler.
Sizar.	Ferrer la mule.
Confiar-se em alguem.	Se fier à quelqu'un.
Humilhar-se diante d'aquelle que se teme ou de quem se quer alcançar alguma cousa.	Filer doux.
Cortejar com dissimulo, discrição e constancia.	Filer le parfait amour.
Uma pinga de vinagre.	Un filet de vinaigre.
Pôr-se, metter-se.	- Se flanquer.
Arrojar-se ao inimigo.	Fondre sur l'ennemi.
Desfazer-se em lagrymas.	Fondre en larmes.
Dissipar sua fazenda.	Fondre son bien.
Introduzir-se, metter-se em toda a parte.	Se fourrer partout.
Metter-se em tudo.	Fourrer son nez partout.
Gastos miudos ou extraordinarios.	Faux frais.
Começar de novo.	Recommencer sur de nouveaux frais.
É um desabalado mentiroso, etc.	C'est un franc menteur, etc.
Ficar admirado d'alguma cousa.	Être frappé de quelque chose.
Dar palmadas, palmear.	Frapper ou battre des mains.
Caminho recentemente trilhado.	Chemin nouvellement frayé.
Abrir-se caminho ás honras.	Se frayer un chemin aux honneurs.
Dissipar sua fazenda.	Fricasser son bien.
Está picado á cérca de.	Il fume.

G.

Chegar, alcançar o bosque.	Gagner le bois.
Colhér, pilhar febre, etc.	Gagner la fièvre, etc.
Ganhar muito ou perder.	Gagner gros.
Dar má criação a um menino.	Gâter un enfant.
Introduzir-se.	Se glisser.
Máo passo, sítio cheio de ladrões.	Coupe-gorge.
Ter grandes peitos.	Avoir beaucoup de gorge.
Palavras algum tanto livres.	Propos un peu gras.
Cheira muito a pobre.	Il a l'air bien grêlé.
O médo augmenta as cousas.	La peur grossit les objets.

H.

Cahir no laço, deixar-se enganar.	Mordre à l'hameçon.
Um livro de lance.	Un livre d'hasard.
É homem taciturno.	C'est un hibou.

J.

Horta.	Jardin potager.
Zombar d'alguem.	Se jouer de quelqu'un.
Pregar um chasco.	Jouer un tour.
Affectar innocencia, etc.	Jouer l'innocence, etc.
Deitar, arriscar o resto.	Jouer de son reste.
Représentar uma comedia.	Jouer une comédie.
Fazer o papel de.	Jouer le rôle de.
Tocar instrumentos.	Jouer des instruments.
O romper do dia.	La pointe du jour.
Ao amanhecer.	Au petit jour.
Obra ás claras.	Un ouvrage à jour.
Vislumbre.	Faux jour.
Gastar o ganho diario.	Vivre au jour la journée.
Andar jornadas curtas.	Aller à petites journées.
Jornaleira.	Fille ou femme qui travaille en journée.

L.

Fugir.	Lâcher pied.
Baixar, diminuir o preço.	Lâcher la main.
Jurar ante o juiz ou ameaçar offender com a mão.	Lever la main.
Tirar a alguem uma dúvida, um escrupulo.	Lever un doute, un scrupule.
A fronteira de Normandia.	La lisière de Normandie.
Uma criança com ourelos.	Un enfant à la lisière.
Filhos do primeiro matrimonio.	Les enfants du premier lit.
Fiar-se de ou em alguem.	Se livrer à quelqu'un.

M.

Soccorro dado á justiça.	Main-forte.
Mortandade.	Main-basse.
Ajudar.	Prêter la main.

Casar.	Donner la *main*.
Consentir em alguma cousa ; facilitar-lhe o exito.	Donner les *mains*.
Tem má cara.	Il a l'air d'un brûleur de *maison*.
Golpe magistral.	Un coup de *maître*.
Passar mestre ou não aguardar alguem para comer.	Passer *maître*.
Recebeu ordem de apresentar-se no paço.	Il a été *mandé* à la cour.
Descobrir as intrigas d'alguem.	Découvrir son *manége*.
Comer anticipadamente sua fazenda.	*Manger* son blé en herbe.
Teve muitos trabalhos.	Il a *mangé* de la vache enragée.
Agravar alguem.	*Manquer* à quelqu'un.
Errar o golpe ou não sahir bem com seu intento.	*Manquer* son coup.
Isso não teve bom exito.	Cela a *manqué*.
Deitar a perder um vestido.	*Massacrer* un habit.
Andar com tento co' a gente de curto alcance.	*Ménager* les petits esprits.
Cuidar na sua saude.	*Ménager* sa santé.
A plebe.	Le *menu* peuple.
Gasto em recreios.	Les *menus* plaisirs.
Pôr em paz.	*Mettre* le holà , ou *mettre* d'accord.
Entabolar um negocio.	*Mettre* une affaire sur le tapis.
Pôr a fogo e sangue.	*Mettre* à feu , à sang.
Empunhar ou desembainhar a espada.	*Mettre* l'épée à la main.
Pôr-se a escrever.	*Mettre* la main à la plume.
Dar á luz , publicar.	*Mettre* au jour.
Tirar, pôr a limpo.	*Mettre* au net.
Pôr-se, assomar á janella.	Se *mettre* à la fenêtre.
Agrilhoar.	*Mettre* aux fers.
Apear-se.	*Mettre* pied à terre.
Parirem as fêmeas dos animaes.	*Mettre* bas.
Causar cuidado.	*Mettre* en peine.
Dispor suas cousas.	*Mettre* ordre à ses affaires.
Remediar alguma cousa.	*Mettre* ordre à quelque chose.
Acabar, pôr fim.	*Mettre* fin.
Amparar-se d'alguem.	Se *mettre* sous la protection de quelqu'un.
Pôr-se no recto.	Se *mettre* en garde.
Abrigar-se ou pôr-se em cobro , em salvo.	Se *mettre* à couvert.

Inteirar-se de.	Se *mettre* au fait de.
Acostumar a.	*Mettre* sur le pied.
Pôr por obra.	*Mettre* les fers au feu.
Animar.	*Mettre* le cœur au ventre.
Moderar-se, conter-se.	*Mettre* de l'eau dans son vin.
Reprehender alguem; ensinar-lhe sua obrigação; sujeital-o.	*Mettre* à la raison.
Pôr ou dizer as cousas ás avessas.	*Mettre* la charrue devant les bœufs.
Metter alguem na dança ou interessa-lo em um negocio.	*Mettre* quelqu'un en jeu.
Soltar a redea ou deixar viver alguem livremente.	*Mettre* la bride sur le cou.
Casar-se.	Se *mettre* en ménage.
Acertar, adevinhar.	*Mettre* le doigt ou le nez dessus.
Fazer o possivel por alguem.	Se *mettre* en quatre pour quelqu'un.
Arruinar ou empobrecer alguem.	*Mettre* quelqu'un à la besace.
Começar a mover.	*Mettre* en branle.
Aproveitar-se de.	*Mettre* à profit.
Engaiolar.	*Mettre* en cage.
Sacudir o jugo das preocupações.	Se *mettre* au-dessus des préjugés.
Dispor-se para ou a.	Se *mettre* en devoir.
Metter alguem n' um pântano, ou fallar mal de alguem.	*Mettre* quelqu'un dans de beaux draps.
Prender alguem.	Lui *mettre* la main sur le collet.
Indicar a alguem os meios de conseguir o que pretende.	*Mettre* quelqu'un sur la voie.
Despedir; expulsar.	*Mettre* à la porte.
Deitar a correr.	Se *mettre* à courir.
Ser cortez, polido.	Savoir son *monde*.
Entrar de guarda.	*Monter* la garde.
Dar corda a um relojio.	*Monter* une montre.
Encolerizar-se.	*Monter* sur ses grands chevaux.
Importar.	*Monter*, se monter.
O importe da conta.	Le *montant* du compte.
Dito agudo.	Bon *mot*.
Invectiva.	Gros *mot*.
Deter-se em frioleiras.	S'amuser à la *moutarde*.

N.

Despenhadeiro d'agua.	*Nappe* d'eau.
Claramente.	Tout *net*.

Não é para teus focinhos.	Ce n'est pas pour ton *nez.*
Julgou achar cousa boa.	Il croit avoir trouvé la pie au *nid.*
Homem afamado.	Un homme de *nom.*
Espada desembainhada.	Épée *nue.*

O.

Além d'isso.	*Outre* cela.

P.

É pródigo ou mãos rotas.	C'est un *panier* percé.
Cahir no logro ou deixar-se enganar.	Donner dans le *panneau.*
Fallar com magisterio.	*Parler* en maître.
Fallar com disfarce.	*Parler* à mot couvert.
Isso é sabido.	Cela *parle* tout seul.
Morrer.	*Passer* le pas.
Matar.	Faire passer le *pas.*
Em diminutivo ou abreviado.	En *petit.*
Queimar a fogo lento.	Brûler à *petit* feu.
Cheio de graças.	*Pétri* de grâces.
Pôr os pés em polvorosa.	Gagner au *pied.*
Supposto isso.	Sur ce *pied-*là.
Aposento no soalho.	Un logement de *plain-pied.*
Sem interrupção.	D'arrache-*pied.*
Bebado.	*Pilier* de cabaret.
Enfadar alguem, desgosta-lo.	*Piquer* quelqu'un.
Prezar-se de.	Si *piquer* de.
Accommodar um criado.	*Placer* un domestique.
Compadecer-se d'alguem.	*Plaindre* quelqu'un.
Noticia supposta.	Nouvelle faite à *plaisir.*
Modos communs.	Façons *plates.*
Ser cobarde.	Être un *pied-plat.*
Estylo ordinario.	Style *plat.*
Dizer cousas ensossas.	Dire des *platitudes.*
Derrotar inteiramente.	Battre à *plate* couture.
Em dia claro.	En *plein* jour.
Em alto mar ou no mar alto.	En *pleine* mer.
Com inteira liberdade.	En *pleine* liberté.
Em campo raso.	En *pleine* campagne.
Accommodar-se, moldar-se ao genio de alguem.	Se *plier* au génie de quelqu'un.

Entregar-se ao vicio.	Se *plonger* dans le vice.
Estar bom.	Se bien *porter.*
Inclinar-se á virtude.	Se *porter* au bien.
Titubear.	Tourner autour du *pot.*
Arrepender-se do que fez.	S'en mordre les *pouces.*
Escapar, fugir.	Prendre de la *poudre* d'escampette.
Occupar-se em cousas frivolas.	Tirer sa *poudre* aux moineaux.
É homem prático na arte de dis- simular.	C'est un homme habile dans l'art de dissimuler.
Pôr-se serio.	*Prendre* un air grave.
Determinar-se, resolver-se.	*Prendre* son parti.
Colhèr no feito.	*Prendre* sur le fait
Tomar fiado.	*Prendre* à crédit.
Despedir-se d'alguem.	*Prendre* congé de quelqu'un.
Valer-se da occasião.	*Prendre* bien son temps.
Fugir.	*Prendre* la fuite.
Pôr-se de lucto.	*Prendre* le deuil.
Tomar a peito.	*Prendre* à cœur.
Tomar a bem.	*Prendre* en bonne part.
Tomar a mal.	*Prendre* en mauvaise part.
Colhèr a alguem a palavra.	*Prendre* quelqu'un au mot.
Assegurar-se.	*Prendre* ses sûretés.
Deitar bem suas linhas.	*Prendre* ses mesures.
Compadecer-se, apiedar-se d'al- guem.	*Prendre* pitié de quelqu'un.
Travar-se de palavras.	Se *prendre* de paroles.
Emborrachar-se.	Se *prendre* de vin.
Arrendar.	*Prendre* à bail.
Ter cuidado.	*Prendre* garde.
Purgar-se.	*Prendre* médecine.
Signalar dia.	*Prendre* jour.
Gostar de.	*Prendre* plaisir à.
Dar em fazer ou dizer.	*Prendre* à tâche.
Tornar as cousas a mal.	*Prendre* les choses de travers.
Tomar o ar ou fresco.	*Prendre* l'air.
Approveitar a occasião.	*Prendre* la balle au bond.
Picar-se, enfadar-se.	*Prendre* la mouche.
Enganar-se.	*Prendre* le change.
Receber de todas partes.	*Prendre* à toutes mains.
Intentar impossiveis.	Vouloir *prendre* la lune avec les dents.
Este homem acreditou-se.	Cet homme a *pris.*
Isso não terá logar, effeito.	Cela ne *prendra* pas.
O Sena está gelado.	La Seine est *prise.*

Apertar alguem.	Serrer de *près.*
Sujeitar.	Tenir de *près.*
Dar ouvidos, escutar.	*Prêter* l'oreille.
Ajudar.	*Prêter* la main.
Com intento.	De *propos* délibéré.
A cada instante.	A tout *propos.*
A tempo.	A *propos.*
Por uma frioleira, sem motivo.	A *propos* de rien.
Estar com muitissimo cuidado.	Avoir la *puce* à l'oreille.
Mulher gordalhuda.	Femme *puissante.*
Soldados aventurados.	Enfants *perdus.*

Q.

Trata-se d'isso.	Il est *question* de cela.

R.

Congraçar-se.	Se *raccommoder.*
Isso ja se disse mil vezes.	Cela est *rebattu.*
Tirar a alguem o emprego.	*Remercier* quelqu'un de son emploi.
Volver a si.	*Rentrer* en soi-même.
Sahir d'uma doença.	*Relever* de maladie.
Chegar, ir.	Se *rendre.*
Mandar encarcerar alguem.	Faire *renfermer* quelqu'un.
Ser do districto de.	Être du *ressort* de.
Tirar-lhe a pensão.	Lui *retrancher* la pension.
Sua índole agrada-me.	Son humeur me *revient.*
Forte renda.	Gros *revenu.*
Estar algum tanto ebrio.	Être un peu *rond.*
Manter coche.	*Rouler* carrosse.

S.

Vm. está despachado.	Votre affaire est dans le *sac.*
Despedir alguem.	Lui donner son *sac.*
Apoderar-se.	Se *saisir.*
Dar-lhe uma boa reprehensão.	Lui donner une bonne *sauce.*
Notificar.	Faire *savoir.*
Agradecer.	*Savoir* bon gré.
Acho-me algum tanto melhor.	Je me *sens* un peu mieux.
Ser de boa casa.	*Sentir* son bien.
Ajudar á missa.	*Servir* la messe.
Dormir um pouco.	Faire un petit *somme.*

9

Mancebo de insoffrivel presumpção.	Jeune homme d'une *suffisance* insupportable.
Ser pessoa de satisfação.	Être un bon *sujet*.
Ter por vicio habitual.	Être *sujet* à.

T.

Dar mesa, ter convidados diarios.	*Tenir* table.
Fazer em postas, destroçar.	*Tailler* en pièces.
Dar-lhe que fazer.	Lui *tailler* des croupières.
Um montão de gente.	Un *tas* de gens.
Notar alguem d'avaro.	*Taxer* quelqu'un d'avarice.
Só se dirige a.	Ne *tend* que.
Alargar, estender a mão.	*Tendre* la main.
Armar laço.	*Tendre* un piége.
Estar contiguo a.	*Tenir* à.
Esteve em pé.	Il se *tint* debout.
Cumprir sua palavra.	*Tenir* sa parole.
Fallar mal d'alguem.	*Tenir* des discours désavantageux à quelqu'un.
Servir de.	*Tenir* lieu de.
Fazer rosto a alguem.	*Tenir* tête à quelqu'un.
Pôr cuidado em alguma cousa, zelar-lhe a observancia.	*Tenir* la main à quelque chose
Abonar.	*Tenir* compte.
Defender-se, não render-se.	*Tenir* bon.
Refrear, sujeitar.	*Tenir* en bride.
Deter-se, estar parado.	*Tenir* le bec dans l'eau.
Precaver-se.	Se *tenir* sur ses gardes.
Estar só com alguem.	Avoir un *tête-à-tête* avec quelqu'un.
Precipitar-se n'um perigo a olhos fechados.	Donner *tête* baissée dans quelque chose.
Esgrimir, jogar o florete.	*Tirer*, faire des armes.
Tirar a alguem o que sabe.	*Tirer* les vers du nez.
Chamar á parte.	*Tirer* à part.
Esquartejar alguem com cavallos.	*Tirer* à quatre chevaux.
Aproveitar-se d'alguma cousa.	*Tirer* parti de quelque chose.
Tirar de trabalhos.	*Tirer* de peine.
Tirar d'algum aperto.	*Tirer* d'affaire.
Experimentar dilações.	*Tirer* en longueur.
Mirar alguem dos pés á cabeça.	*Toiser* des yeux.

Ficar aturdido, gelado.	*Tomber* de son haut.
Cobrar dinheiro.	*Toucher* de l'argent.
Voltar costas, fugir.	*Tourner* le dos.
Mudar de partido.	*Tourner* casaque.
Ridicularizar.	*Tourner* en ridicule.
Dár má interpretação.	Donner mauvaise *tournure.*
Pôr alguem em cuidado.	Lui *tracasser* l'esprit.
Descobrir um segredo.	*Trahir* un secret.
Uma boa acção.	Un beau *trait.*
Um passo, um rasgo historico.	Un *trait* d'histoire.
As feições da cara.	Les *traits* du visage.
Degollar.	*Trancher* la tête.
Fezer, ostentar de grande.	*Trancher* du grand.
Estar delirando.	Avoir le *transport.*
Entregar-se a uma vida licen-ciosa.	Donner dans les *travers.*
Olhar de soslaio, de través.	Regarder de *travers.*
Homem de má condição.	Un esprit de *travers.*
Atalho.	Chemin de *travers.*
Um terremoto.	Un *tremblement* de terre.
Companhia de comicos.	Une *troupe* de comédiens
Ir no alcance de alguem.	Être ou se mettre aux *trousses* de quelqu'un.
Notar.	*Trouver* à redire.
Approvar ou desapprovar.	*Trouver* bon ou mauvais.
Desmaiar.	Se *trouver* mal.
Não sahir bem d'alguma cousa.	Se mal *trouver.*
Colhêr em mentira.	*Trouver* en mensonge.
Encontrar quem saiba ou póssa mais.	*Trouver* son maître.
Meninos expostos.	Les enfants *trouvés.*

V.

Homem alegre, divertido.	Un homme tout *uni.*
Homem vestido simplesmente.	Un bon *vivant.*
Uma carrada de lenha.	Une *voie* de bois.
Uma carga d'agua.	Une *voie* d'eau.
Nascer.	*Venir* au monde.
Aspirar a alguma cousa.	*Viser* à quelque chose.
Durante á vida d'alguem.	Du *vivant* de quelqu'un.
Uma descarga d'artilheria.	Une *volée* de canons.
Pessoas distinctas.	Gens de haute *volée.*

Uma maçada.	Une *volée* de coups de bâton.
Terminar uma pendencia por via de armas ou ajuste.	*Vider* une querelle, un différend.

TRADUCTIONS LITTÉRALES.

TRADUCÇÕES LITTERAES.

Enfin *emfim* le *o* jour *dia* parut *appareceu, raiou,* où *em que, no qual* le *o* succès *exito, successo* allait *ia* décider *decidir* si *se* le *o* duc *duque* de *de* Bragance *Bragança* meritait *merecia* le *o* titre *titulo* de *de* roi *rei* et *e* de *de* libérateur *libertador* de la *da* (de a) patrie *patria,* ou *ou* le *o* nom *nome* de *de* rebelle *rebelde* et *e* d'ennemi *d'inimigo* de l' *do* (de o) État *Estado.*

Les *os* conjurés *conjurados* se rendirent *fôrão* de *de* grand matin *madrugada* chez *á casa* de D. Michel d'Ameida *D. Miguel d'Almeida* et *e* chez *á casa* les *dos* (os) autres *outros* seigneurs *fidalgos* où *onde, na qual* ils *elles* devaient *devião* s'armer *armar-se.* Ils *elles* y *alli, ahi* parurent *apparecérão* tous *todos* avec *com* tant *tanta* de résolution *resolução* et de *e* confiance *confiança,* qu'ils *que* semblaient *parecião* aller *ir* à *a* une *uma* victoire *victória* certaine *certa.* Ce *o* qui *que* est *é* de remarquable *notavel,* c'est *é* que *que* dans *em* un *um* si *tão* grand *grande* nombre *número* composé *composto* de *de* prêtres *ecclesiasticos,* de *de* bourgeois *cidadãos,* et de *e* gentilshommes *fidalgos* qui *que* étaient *erão* la *pela* plupart *maior parte* animés *animados* par des *por* intérêts *interesses* différents *differentes,* il n'y en eût *não houvesse* pas un *um* só qui *que* manquât *faltasse* à *á* sa *sua* parole *palavra* et *e* à la *á* fidélité *fidelidade* qu'il *que* avait *tinha* promise *promettido.* Chacun *cadaum, cada qual* pressait *appressava, accelerava* le *o* moment *momento, instante* de *da* l'exécution *execução,* comme *como* s'il avait été se *fôra, fôsse* le *o* chef *chefe* et *e* l'auteur *o author* de *da* l'entreprise *empreza,* et *e* que *que* sa *a* couronne *coroa* dût *devesse* être *ser* la *a* récompense *recompensa* des *dos* périls *perigos* où *a que, aos quaes* il *elle* s'exposait *s'expunha.* Plusieurs *muitas* femmes *mulheres, senhoras* même *mesmo* voulurent *quizerão* avoir *ter* part *parte* à la *na* gloire *glória* de d' cette *este* journée *dia.* L' *a* histoire *historia* conserve *conserva* la *a*

mémoire *memória* de *de* Dona *Dona* Philippe *Philippa* de *de* Vil-
lène *Vilhena,* qui *que*, a *qual* arma *armou* de *com* ses *suas* propres
proprias mains *mãos* ses *seus* deux *dous* fils *filhos*, et *e* après depois leur *de lhes* avoir *ter* donné *dado* leurs *suas* cuirasses *couraças:*
«Allez *ide*, mes *meus* enfants *filhos*, leur *lhes* dit *disse* elle *ella*,
éteindre *extinguir* la *a* tyrannie *tyrannia* et *e* nous venger *vingar-*
nós de *de*, dos *dos* nos *nossos* ennemis *inimigos*, et *e* soyez *sède*, *ficai*
sûrs *certos*, persuadidos que *que* si *se* le *o* succès *successo* ne *não*
répond pas *corresponder* à *ás* nos *nossas* espérances *esperanças*, votre
vossa mère *mãe* ne *não* survivra pas *sobreviverá* un *um* moment
momento au *á* malheur *infelicidade*, *desgraça* de *de* tant de *tantas*
gens *pessoas* de *de* bien *bem*, *honradas*.»

VERTOT.

DA LINGUA PORTUGUEZA.

É branda esta lingua para deleitar, grave para encarecer, efficaz para mover, doce para pronunciar, breve para resolver, para fallar é engraçada com um modo senhoril; para cantar é suave com um sentimento que favorece a musica; para prégar é substanciosa, grave, authorizada; para escrever cartas, nem tem diffusão que dane, nem brevidade esteril que a limite. Para historias, nem é tão florida que se derrame, nem tão secca que busque o favor das alhéias. A pronúncia não obriga a ferir o ceo da boca com aspereza, nem a arrancar as palavras com vehemencia do gargalo. Escreve-se da maniera que se lê, e assim se falla: tem de todas as linguas o melhor; a pronunciação da latina, a origem da grega, a familiaridade da castelhana, a brandura da franceza, a elegancia da italiana: tem maiores adagios e sentenças que todas as vulgares, em fé de sua antiguidade; e se á lingua hebréa, pela honestidade das palavras, chamárão santa, é certo que não sei eu outra que tanto fuja de palavras incastas, quanto a lingua portugueza.

LOBO.

O PHILOSOPHO MONTANHEZ.

Há mais de sessenta annos que nasci detraz d'aquelle penedo que d'aqui apparece, no alto da serra; e de então até agora, nem vi mais terra que a que d'elle se descobre, nem dezejei outra, de quantas maravilhas ouvi gabar a meus naturaes: nunca tive de meu outro bem maior, que não dezejar os alheios; nem outro mal que me désse mais cuidado, que as occasiões. O tempo não me offereceu de poder possuir o que homens estimão, e sentem tanto perder, como saõ enganos. Sou tão pobre do que a fortuna reparte, que cada hora que quizer tomar conta de tantos annos, lhe não ficarei devendo nem um desejo. Vivo de guardar gado de outros donos; sou fiel em o tratar, diligente no pasto, e remedio d'elle; rico com a parte que me cabe de sua lã, e do seu leite, porque d'ella me visto, e d'elle me sustento: nem quando os fructos são poucos, me lastimo; nem quando as novidades são maiores, me alvoroço; contenta-me o bem, não me soçobra o mal. Tenho uma cabana em que vivo, feita por minha propria mão das ar-

DE LA LANGUE PORTUGAISE.

Est douce cette langue pour plaire, grave pour agrandir les idées, efficace pour émouvoir, douce pour prononcer, précise pour résoudre; pour parler, elle est gracieuse avec un ton mâle; pour chanter, elle est suave avec un sentiment qui favorise la musique; pour prêcher, elle est substantielle, grave, imposante; pour écrire des lettres, elle n'a point la diffusion qui nuit, ni la brièveté stérile qui la limite. Pour les histoires, elle n'est point si fleurie qu'elle se répande, ni si aride qu'elle cherche la faveur des autres. La prononciation n'oblige point à frapper le palais de la bouche avec rudesse, ni à arracher les paroles avec véhémence du gosier. Elle s'écrit de la manière qu'elle se lit et même se parle; elle a de toutes les langues le meilleur: la prononciation de la latine, l'origine de la grecque, la familiarité de l'espagnole, la douceur de la française, l'élégance de l'italienne; elle a beaucoup plus d'adages et de sentences que toutes celles vulgaires, en foi de son ancienneté; et si à la langue hébraïque, par la décence des termes, on appela sainte, il est certain que je ne connais point d'autre qui tant fuie les mots immodestes que la langue portugaise.

SANÉ.

LE PHILOSOPHE MONTAGNARD.

Il y a plus de soixante ans que je naquis derrière ce rocher qui d'ici apparaît sur le haut de la montagne, et de ce moment jusqu'à présent, je ne vis d'autre terre que celle qui de là se découvre; je n'en désirai point d'autre, malgré tant de merveilles que j'entendis vanter à mes naturels du pays: jamais je n'eus de mien autre bien plus grand, que de ne pas désirer ceux étrangers, ni d'autre mal qui me donnât plus de souci que d'occasions. Le temps ne m'offrit de pouvoir posséder ce que les hommes estiment, et craignent d'autant plus perdre, que ce sont des erreurs. Je suis si pauvre de ce que la fortune répartit, qu'à chaque heure que je veux prendre compte de tant d'années, je ne lui resterais débiteur pas même d'un désir. Je vis pour garder le troupeau d'autres maîtres; je suis fidèle à le conduire, diligent à la pâture et au remède de lui; riche avec la partie qui m'échoit de sa laine et de son lait, parce que de celle-ci je me vêts, et de celui-là je me nourris: ni quand les fruits sont peu, je me désole; ni quand les fruits sont plus abondants, je tressaille de joie; contente-moi le bien, ne me anéanti le mal. J'ai une chaumière dans la-

vores d'estas brenhas: não acharás dentro cousa que deva direitos á vaidade; tudo são instrumentos necessarios ao meu officio de guardador; e se alguma cousa sobeja, será das que ainda são mais importantes para a vida. D'aqui, me alevanto contente; e aqui, me recolho descançado; porque nem acordo com os pensamentos na ventura, nem adormeço com elles repartidos em bens que enganão, e em males que os homens escolhem de seu agrado. De noite, qualquer estrella que vejo é a minha; porque todas favorecem o meu estado. De dia, sempre o sol me apparece de uma côr; porque o vejo com os olhos livres. Tenho este instrumento a cujo som canto: quando é bem, me alegro; porque canto para me alegrar; e quando, pelo contrario, me não peza muito; porque o não faço por alegrar a outrem. Quando há frio e neve na serra, tambem há lenha n'esses montes, e fogo n'estas pedras com que me defendo. Quando a calma é grande, com o abrigo d'estas arvores e a vizinhança das fontes, me recreio. Assim são os meus manjares, como é a minha vida: nem ella me pede os que lhe fação damno, nem eu os tenho. O meu vestido é sempre d'esta côr; porque, em qualquer cousa, ainda de menos quantia, é a mudança perigosa. O maior trabalho que tenho, é os pastores com quem trato; porque cadaum tem uma vontade e um entendimento, e eu me hei-de servir só do meu para com todos; porém de tal maneira uso d'elle, que me não dá do successo que póde acontecer. Ao avarento, não lhe peço nada, nem lhe aconselho que dê a outrem, nem lhe louvo o não dar nada a ninguem; e assim nem lhe minto, nem o molesto. Ao suberbo, nem me faço grande, por não ficar com elle em contenda; nem aos outros pequeno; porque com elles me não alevante mais. Ao ingrato, ou o não sirvo, porque me não mogôe; ou quando o sirvo, lembro-me que a sua má natureza não póde tirar o preço á obra que de si é boa. Ao fallador, calo-me; ao calado, descubro-me com tento; ao doudo, não lhe atalho a furia; ao nescio, não trabalho por lhe dar razão; ao pobre, não lhe devo; ao rico, não lhe peço; ao vão nem o gabo, nem o reprehendo; ao lisonjeiro, não o creio, e d'este modo, com todos, estou bem, e nenhum me faz mal. Não digo verdades que amarguem, nem tenho amizades que me profanem. Não adquiro fazendas que outros me invejem: porque n'esta das melhores tres cousas d'elle, nascem as tres mais damnosas que há no mundo: da verdade, odio; da conversação, desprezo; da prosperidade, inveja. Sou qual me vés, e qual te eu digo; não quero parecer outro, nem ser mais do que pareço. Venho muitas vezes a esta fonte, que me pegou a sua condição: falla verdade a todos, e com nenhum tem differença. Costumei-me a estas suas aguas que,

quelle je vis, faite de ma propre main des arbres de ces halliers : tu ne trouveras en dedans chose qui doive des droits à la vanité ; toutes sont instruments nécessaires à mon métier de berger ; et si quelque chose est de trop, ce seraient celles qui encore sont plus importantes pour la vie. D'ici je me lève content, et là je me retire délassé, parce que ni je m'éveille avec les pensées dans la fortune, ni je m'endors avec celles réparties en biens qui trompent et en maux que les hommes recueillent de leur gré. De nuit, toute étoile que je vois est la mienne, parce que toutes favorisent mon état. De jour, sans cesse le soleil m'apparaît d'une couleur, parce que je le vois avec les yeux libres. J'ai cet instrument duquel au son je chante : quand c'est bien, je me réjouis, parce que je chante pour me réjouir ; et quand au contraire, je ne suis pas fâché beaucoup, parce que je ne le fais point pour égayer autrui. Quand il y a froid et neige en la montagne, aussi il y a bois en ces montagnes, et feu dans ces pierres avec qui je me défends. Quand la chaleur est grande, avec l'abri de ces arbres et le voisinage des fontaines, je me récrée. Comme sont mes mets, ainsi est ma vie ; ni elle me demande ceux qui lui font tort, ni je les ai. Mon vêtement est toujours de cette couleur, parce que, en toute chose, même de moindre quantité, est le changement dangereux. Le plus grand travail que j'ai, ce sont les bergers avec qui je traite ; parce que chacun a une volonté et un entendement, et moi je dois me servir seulement du mien envers tous ; mais de telle sorte j'use de lui qu'il ne me donne de l'événement que ce qui peut arriver. A l'avare, je ne lui demande rien, ni lui conseille qu'il donne à autrui, ni le loue de ne donner rien à personne ; et ainsi ni je lui mens, ni je le moleste. A l'orgueilleux, ni je me fais grand, pour ne point demeurer avec lui en dispute ; ni aux autres petit, parce que avec eux je ne m'élève davantage. A l'ingrat, ou je ne le sers point, pour qu'il ne m'afflige point ; ou, quand je le sers, je me souviens que son mauvais naturel ne peut point tirer le prix de l'œuvre qui en soi est bonne. Au parleur, je me tais : au taciturne, je me découvre avec précaution ; au fou, je ne lui arrête point la fureur ; à l'ignorant, je ne travaille point pour lui donner raison ; au pauvre, je ne lui dois point ; au riche, je ne lui demande point ; au vaniteux, je ne le vante ni ne le blâme ; au flatteur, je ne le crois pas ; et de cette manière, avec tous, je suis bien, et aucun ne me fait de mal. Je ne dis point des vérités qui aigrissent, ni j'ai des amitiés qui me souillent. Je ne cherche point de biens que d'autres m'envient, parce que alors des meilleures trois choses de lui, naissent les trois plus pernicieuses qu'il y ait au monde : de la vérité, haine ; de la conversation, mépris ; de la prospérité, envie. Je suis tel que tu me vois et tel que je te dis ; je ne veux point paraître autre, ni être plus que je ne parais. Je viens plusieurs fois à cette fontaine, qui m'a attaché à son sort ; elle parle vérité à tous, et avec aucun elle ne met différence. Je me suis accoutumé à ces siennes

ainda que são amargosas, são saudaveis. Apagão peçonha, desfazem feitiços, e valem contra mordeduras de bicha. Se nisto que me ouviste, achas alguma cousa que te contente, e queiras ir comigo, pois é já tarde, te hospedarei na minha cabana, na qual pódes entrar sem temor, dormir sem perigo, e sahir sem saudade. Comerás do leite, ouvirás dos contos, e partirás quando quizeres.

LOBO.

VISTA DA ILHA DA MADEIRA,

QUANDO FOI DESCOBERTA.

Illuminava então o sol os arvoredos, cujos ramos, meneados brandemente da matutina viração, mostravão differentes côres; mas todas naturaes e concertadas. As aguas, igualmente deleitosas aos olhos e ouvidos, enchião a vista de formosura, a orelha de harmonia. Nenhum animal ostentou a fôrça, ou a ligeireza; porque desde a meninice do mundo até essa hora, ignoravão, como os homens, aquelle transito, que depois deverão á sua industria. As brenhas e florestas espiravão saúde, nunca, nem agora, penetradas de algum venenoso bicho. A prática, parece que ficou a cargo das aves; que com estranhas vozes, não se sabe se culpavão, ou engrandecião o atrevimento humano; que á custa de tantas tragedias, quiz coser os retalhos da terra, por industria d'aquella agulha, que duvidâmos se nos foi dada por galardão ou castigo.

Corria o ar, não só puro, mas perfumado das flores, sôbre as quaes passava sua leve carreira. Ellas jámais logradas da vista, ou do olfato, para que fórão feitas, parece, que como em dia de suas bodas, se havião composto de nova formosura. Eminentes os outeiros, e profundos os valles em sua desproporção, guardavão architectura rigorosa e agradavel; aquelles pejando o vento de ramos suberbos, e estes despojados de todo impedimento das florestas, convidavão as mãos ao roubo, e as plantas ao passeio, sôbre hervas saudaveis e cheirosas.

Pouco distante da praia, se descobria um sitio, donde parece que a natureza havia esmerado todos seus primores. Formava um campo breve e redondo, cujas paredes erão loureiros iguais na rama e altura, que, como verde tapeçaria de folhagens, armavão bastissimas eras. Em a parte superior, se via uma arvore, que

eaux qui, encore qu'elles soient amères, sont salutaires. Elles atténuent
le poison, détruisent les maléfices, et valent contre les morsures de serpent. Si, dans ce que tu viens d'entendre, tu trouves quelque chose qui
te contente, et que tu veuilles venir avec moi, comme il est déjà tard, je
te recevrai dans ma chaumière, dans laquelle tu peux entrer sans crainte,
dormir sans danger, et sortir sans regret. Tu vivras de lait, tu enten-
dras des contes, et tu partiras quand tu voudras.

SANÉ.

VUE DE L'ILE DE MADÈRE,

LORS DE SA DÉCOUVERTE.

Éclairait alors le soleil les arbres, dont les branches, agitées doucement
par le matinal zéphir, étalaient différentes couleurs; mais toutes natu-
relles et embellies. Les eaux, également délicieuses aux yeux et ouïe,
remplissaient la vue de beauté, l'oreille d'harmonie. Aucun animal ne
montra sa force ou sa légèreté, parce que depuis l'enfance du monde jusqu'à cette heure, ils ignoraient comme les hommes ce passage, que depuis
ils avaient dû à leur industrie. Les halliers et forêts respiraient la santé,
jamais, ni à présent, infectées d'aucun venimeux reptile. La conversation,
il semble qu'elle resta en partage aux oiseaux; car, avec leurs belles voix,
on ne sait s'ils n'accusaient point, ou n'augmentaient la hardiesse hu-
maine; car aux dépens de tant de catastrophes, elle voulut coudre les
fragments de la terre, à la faveur de cette aiguille, que nous doutons si
elle nous fut donnée comme récompense ou châtiment.

Circulait l'air, non-seulement pur, mais parfumé des fleurs sur lesquelles passait sa légère carrière. Elles, plus que jamais agréables à la
vue et à l'odorat, pour lesquels elles furent faites, il paraît que comme
au jour de leurs noces, elles s'étaient parées de nouvelle beauté. Élevées
les collines, et profonds les vallons dans leur inégalité, gardaient une
architecture sévère et agréable; celle-ci en enchaînant le vent de rameaux
superbes, et ceux-là dépouillés de tout l'empêchement des forêts, invi-
taient les mains au larcin et les pieds à la promenade, sur les herbes
salutaires et odorantes.

Peu éloigné de la plage, on découvrait un site, où il semble que la nature avait prodigué toutes ses grâces. Il formait un champ petit et ar-
rondi, dont les murs étaient lauriers égaux dans le branchage et la hau-
teur, que, comme une verte tapisserie de feuillage, revêtaient de très-
touffus lierres. Dans la partie supérieure, on voyait un arbre qui, comme
le plus chéri des éléments, s'élevait au-dessus des autres; son nom fut

como mais mimosa dos elementos, sobia sobre as outras: seu nome foi ignorado de todos os que chegárão a vê-la, assim sua opulencia, como sua formosura. Havia o tempo aberto em seu tronco, uma capaz morada, toda cuberta de finissimo e dourado musgo. A visinha ribeira, que da serra ao mar, contente hia cahindo, ministrava á aquelle sitio, conformes a delícia, e a commodidade: servião-lhe de ladrilho as mimosas aréias, que o rio por sobejas engeitava, e despedidas da corrente, se espalhavão por uma e outra banda, sem damno da amenidade dos prados, que lhe servião de leito.

MELLO.

TRADUCÇÕES ELEGANTES.

AMPHITRITE.

Em quanto Hazael e Mentor assim descorrião, avistámos delphins, cujas escamas semelhavão escudetes de azul e ouro; e que, brincando em tombos pelas ondas, as fazião rebentar em alva espuma. Após elles vinhão os tritões, imitando o som das trompas com seus retorcidos buzios. Rodeiavão o carro d'Amphitrite, tirado por cavallos tão candidos, que escurecião a neve; e, rasgando o mar salgado, deixavão muito ao longe, em sua esteira, um vasto sulco no crystallino campo. Tinhão os olhos abrasados, e as bocas lhes fumegavão. O carro da deosa era d'uma só concha de pasmoso feitio, mais alva que o marfim: as rodas erão de ouro; e mais parecião cortar pelos ares, que pelas ondas. Um tropel de nymphas com capellas de flores, vinhão em cardume, nadando atraz do carro: seus bellos cabellos se lhes debruçavão nos hombros, e ondeavão a sabor dos ventos. Tinha a deosa em a dextra um sceptro de ouro, com que imperava as ondas; e, co' a esquerda, segurava no collo o deosinho Palemon, seu filho, que lhe pendia dos lacteos peitos. Tinha o semblante bonançoso, e uma affavel magestade, com que afugentava os ventos revoltosos, e as negras borrascas. Os tritões conduzião os cavallos, e lhes pegavão nas douradas redeas. No ar, por cima do carro, tremulava um toldo

ignoré de tous ceux qui arrivèrent pour le voir, ainsi que sa richesse, ainsi que sa beauté. Avait le temps ouvert dans son tronc une vaste demeure, toute couverte de très-belle et dorée mousse. La voisine rivière, qui de la montagne à la mer, contente allait tombant, donnait à ce site, pareils les délices, et la commodité ; lui servaient de parquet les jolis sables, que la rivière de trop jetait, et détachés du courant, se répandaient d'un et d'autre côté, sans préjudice à l'agrément des prés, qui lui servaient de lit.

SANÉ.

TRADUCTIONS ÉLÉGANTES.

AMPHITRITE.

Pendant que Hazaël et Mentor parlaient ainsi, nous aperçûmes des dauphins couverts d'une écaille qui paraissait d'or et d'azur ; en se jouant, ils soulevaient les flots avec beaucoup d'écume. Après eux venaient les tritons, qui sonnaient de la trompette avec leurs conques recourbées. Ils environnaient le char d'Amphitrite, traîné par des chevaux marins plus blancs que la neige, et qui, fendant l'onde salée, laissaient loin derrière eux un vaste sillon dans la mer. Leurs yeux étaient enflammés et leurs bouches étaient fumantes. Le char de la déesse était une conque d'une merveilleuse figure ; elle était d'une blancheur plus éclatante que l'ivoire, et les roues étaient d'or. Ce char semblait voler sur la surface des eaux paisibles. Une troupe de nymphes couronnées de fleurs nageaient en foule derrière le char ; leurs beaux cheveux pendaient sur leurs épaules et flottaient au gré du vent. La déesse tenait d'une main un sceptre d'or pour commander aux vagues ; de l'autre elle portait sur ses genoux le petit dieu Palémon, son fils, pendant à sa mamelle. Elle avait un visage serein et une douce majesté qui faisait fuir les vents séditieux et les noires tempêtes. Les tritons conduisaient les chevaux et tenaient les rênes dorées. Une grande voile de pourpre flottait dans l'air au-dessus du char ; elle était à demi enflée par le souffle d'une multitude de petits zéphyrs qui s'efforçaient de la pousser par leurs haleines. On voyait au milieu des airs Éole empressé, inquiet et ardent : son visage ridé et chagrin, sa voix

de púrpura, meio inchado. com o sôpro d'uma infinidade de pequenos zephyros, que forcejavão impelli-lo com seus halitos. No alto apparecia Eolo officioso, afervorado, inquieto e ardente: o semblante enrugado e melancolico; a voz ameaçadora; as sobrancelhas espessas e descahidas; os olhos cheios d'um fogo escuro e austero, enfreiavão os altivos aquilões, e afugentavão as nuvens todas. As descompassadas baleias, e todos os marinhos monstros, sorvendo pelas hediondas ventas, e despedindo as ondas amargosas, pulavão apressados das humidas cavernas para vêr a deosa.

FONSECA.

D. INEZ.

Passada esta tão próspera victória,
Tornado Afonso á lusitana terra,
A se lograr da paz com tanta glória,
Quanta soube ganhar na dura guerra:
O caso triste, e dino de memória,
Que do sepulcro os homens desenterra,
Aconteceu da misera e mesquinha,
Que, depois de ser morta, foi rainha.

Tu só, tu puro Amor, com fôrça crua,
(Que os corações humanos tanto obriga)
Déste causa á molesta morte sua,
Como se fôra pérfida inimiga.
Se dizem, fero Amor, que a sêde tua.
Nem com lagrymas tristes se mitiga,
É porque queres, áspero e tyrano,
Tuas aras banhar em sangue humano.

Estavas linda Inez, posta em socego,
De teus annos colhendo doce fruito,
N'aquelle engano da alma, ledo e cego,
Que a fortuna não deixa durar muito:

menaçante, ses sourcils épais et pendants, ses yeux pleins d'un feu sombre et austère, tenaient en silence les fiers aquilons et repoussaient tous les nuages. Les immenses baleines et tous les monstres marins, faisant avec leurs narines un flux et un reflux de l'onde amère, sortaient à la hâte de leurs grottes profondes pour voir la déesse.

FÉNELON.

D. INEZ.

Vainqueur du Maure, au comble de la gloire,
L'heureux Alphonse, après tant de combats,
Croyait goûter, au sein de ses États,
La douce paix que donne la victoire.
O vain espoir! d'Inez le triste sort
D'un si beau règne a terni la mémoire,
En traits de sang on lit dans notre histoire
Qu'Inez obtint le trône après sa mort.

Cruel Amour, toi seul commis le crime;
La tendre Inez ne vivait que pour toi:
Jamais un cœur ne suivit mieux ta loi,
Et tu la fis expirer ta victime!
Ainsi les pleurs des malheureux mortels
Pour toi, tyran, n'ont pas assez de charmes;
Tu veux encor, non content de leurs larmes,
Que de leur sang ils baignent tes autels.

Le front paré des roses du bel âge,
Charmante Inez, dans une douce erreur,
Tu jouissais de ce calme trompeur,
Toujours, hélas! si voisin de l'orage.

Nos saüdosos campos do Mondego,
De teus formosos olhos nunca enxuito,
Aos montes ensinando, e ás hervinhas
O nome, que no peito escripto tinhas.

   Do teu principe alli te respondião
As lembranças, que n'alma lhe moravão;
Que sempre ante seus olhos te trazião,
Quando dos teus formosos se apartavão;
De noite, em doces sonhos, que mentião;
De dia, em pensamentos, que voavão:
E, quanto, emfim, cuidava, e quanto via,
Erão tudo memórias de alegria.

   De outras bellas senhoras, e princezas
Os desejados thalamos engeita;
Que tudo, emfim, tu puro amor, desprezas,
Quando um gesto suave te sujeita.
Vendo estas namoradas estranhezas
O velho pae sisudo (que respeita
O murmurar do povo) e a phantesia
Do filho, que casar-se não queria:

   Tirar Inez ao mundo determina,
Por lhe tirar o filho que tem preso,
Crendo co' o sangue só da morte indina,
Matar do firme amor o fogo acceso.
Que furor consentiu que a espada fina,
(Que poude sustentar o grande peso
Do furor Mauro) fôsse alevantada
Contra uma fraca dama delicada?

   Trazião-a os horríficos algozes
Ante o rei, já movido á piedade:

Du Mondego, témoin de ton ardeur,
Tu parcourais les campagnes fleuries,
En répétant aux nymphes attendries
Le nom qu'Amour a gravé dans ton cœur.

Un doux lien à ton prince t'engage,
Le jeune Pèdre est digne de tes feux ;
Un seul moment, s'il est loin de tes yeux,
Tout vient aux siens présenter ton image :
Pendant la nuit, en songe il est heureux ;
Pendant le jour, il cherche ta présence ;
Ce qu'il entend, ce qu'il voit, ce qu'il pense,
Tout est Inez pour son cœur amoureux.

A ses serments, Pèdre, toujours fidèle,
A dédaigné les filles de vingt rois.
O dieu d'amour ! quand on vit sous tes lois,
Dans l'univers il n'est plus qu'une belle.
De ses refus son vieux père irrité
Apprend bientôt que le peuple en murmure ;
Dès ce moment les droits de la nature,
Sont immolés à son autorité.

Le cruel roi, pour vaincre la constance
D'un fils qui doit lui succéder un jour,
Veut dans le sang éteindre tant d'amour,
Et sur Inez fait tomber sa vengeance.
Le fer est prêt : ce fer qui, dans sa main,
Du vaillant Maure abattit la puissance,
Menace alors la beauté sans défense,
Et le héros devient un assassin.

Par des soldats indignement traînée,
Aux pieds d'Alphonse Inez attend son sort :

10

Mas o povo com falsas e ferozes
Razões, á morte crua o persuade.
Ella com tristes e piedosas vozes,
Sahidas só da mágoa, e saudade
Do seu principe, e filhos, que deixava,
Que mais, que a própria morte, a magoava :

Para o ceo crystallino alevantando
Com lagrymas os olhos piedosos;
Os olhos; porque as mãos lhe estava atando
Um dos duros ministros rigorosos :
E depois nos meninos attentando,
Que tão queridos tinha, e tão mimosos,
Cuja orfandade, como mãe, temia,
Para o avô cruel assim dizia :

«Se já nas brutas feras, cuja mente
Natura fez cruel de nascimento;
E nas aves agrestes, que somente
Nas rapinas aérias teem o intento;
Com pequenas crianças viu o gente
Terem tão piedoso sentimento,
Como co' a mãe de Nino já mostrárão
E co' os irmãos, que Roma edificárão :

« Oh tu que tens de humano o gesto, e o peito,
(Se de humano é matar uma donzella
Fraca e sem fôrça, só por ter sujeito
O coração, a quem soube vencella)
A estas criancinhas tem respeito,
Pois o não tens á morte escura d'ella :
Mova-te a piedade sua, e minha,
Pois te não move a culpa, que não tinha.

Le roi la plaint et diffère sa mort ;
Mais par le peuple elle était condamnée.
Les fils d'Inez, désolés et tremblants,
Sur son péril témoignaient leurs alarmes ;
C'était pour eux qu'elle versait des larmes,
Non pour ses jours, moins chers que ses enfants.

Leur désespoir, leurs prières plaintives,
Ont des bourreaux suspendu les fureurs ;
Inez au ciel lève ses yeux en pleurs,
Ses yeux..... les fers tenaient ses mains captives.
Elle regarde, en poussant des sanglots,
Ses orphelins dont le sort l'épouvante,
Et d'une voix affaiblie et tremblante,
A leur aïeul elle adresse ces mots :

«Si l'on a vu plus d'un monstre sauvage
Près d'un enfant oublier ses fureurs,
Si l'on a vu ces oiseaux ravisseurs,
Qui sont toujours altérés de carnage,
Aimer, nourrir la mère de Ninus,
Comme l'on dit qu'une louve attendrie
Avec son lait soutint la faible vie
Des deux jumeaux Romulus et Remus :

«Vous qui d'un homme avez la ressemblance
(Si l'on est tel, quand on prive du jour,
Pour n'avoir pu résister à l'amour,
Un être faible et qu'on voit sans défense!),
Oserez-vous montrer tant de rigueur
A ces enfants qui demandent ma vie !
Regardez-moi, je suis assez punie
D'avoir su plaire au maître de mon cœur.

«*E, se vencendo a maura resistencia,*
A morte sabes dar com fogo, e ferro,
Sabe tambem dar vida, com clemencia;
A quem, para perde-la, não fez erro.
Mas, se t'o assim merece esta innocencia,
Põe-me em perpétuo e misero desterro,
Na Scythia fria, ou lá na Libya ardente,
Onde em lagrymas viva eternamente.

«*Põe-me onde se use toda a feridade,*
Entre leões e tigres, e verei,
Se n'elles achar pósso a piedade,
Que entre peitos humanos não achei:
Alli co' o amor intrinseio, e vontade
N'aquelle, por quem morro, criarei
Estas reliquias suas, que aqui viste,
Que refrigerio sejão da mãe triste.»

Queria perdoar-lhe o rei benino
Movido das palavras, que o magoão,
Mas o pertinaz povo, e seu destino,
(Que d'esta sorte o quiz) lhe não perdoão.
Arrancão das espadas de aço fino
Os que, por bom, tal feito alli pregoão:
Contra uma dama, oh peitos carniceiros!
Feros vos amostrais, e cavalleiros?

Qual contra a linda môça Polyxena,
(Consolação extrema da mãe velha),
Porque a sombra de Achilles a condena,
Co' o ferro o duro Pyrrho se apparelha:
Mas ella os olhos, com que o ar serena,
(Bem como paciente e mansa ovelha)

« Vous qui savez d'une main triomphante,
Avec ce glaive à qui tout est soumis,
Exterminer un peuple d'ennemis,
Sachez aussi sauver une innocente.
Si de Don Pèdre il faut me séparer,
Exilez-moi dans la froide Scythie,
Dans les déserts brûlants de la Libye,
Partout, hélas! où je pourrai pleurer.

« Dans les rochers, loin des lieux où nous sommes,
Chez les lions, capable d'amitié,
Je trouverai sans doute la pitié
Que je n'ai pu trouver parmi les hommes.
De mes amours ces fruits tristes et doux
Rempliront seuls mon âme désolée,
Et de mes yeux je serai consolée
En leur voyant les traits de mon époux. »

A ce discours de la tendre victime,
Alphonse ému sent palpiter son cœur;
Mais les destins et le peuple en fureur
Ont résolu de consommer le crime.
Les grands, auteurs de ces affreux complots,
Le fer en main, volent sans plus attendre.....
Ciel! arrêtez! vous nés pour la défendre,
Vous chevaliers, vous êtes ses bourreaux!

Ainsi Pyrrhus, sur la rive troyenne,
Voulant ravir à la mère d'Hector
Le seul enfant qui lui restait encor,
Des bras d'Hécube arracha Polyxène.
Comme un agneau destiné pour l'autel,
Elle suivit le héros sanguinaire,

Na misera mãe postos, que endoudece,
Ao duro sacrificio se offerece.

Taes contra Inez os brutos matadores,
No collo de alabastro, que sustinha
As obras, com que amor matou de amores
Aquelle que depois a fez rainha,
As espadas banhando e as brancas flores,
Que ella dos olhos seus regadas tinha,
Se encarniçavão férvidos e irosos,
No futuro castigo não cuidosos.

Bem poderas, oh sol! da vista d'estes
Teus raios apartar aquelle dia,
Como da séva mesa de Thyestes,
Quando os filhos por mão d'Atreu comiá!
Vós, oh côncavos valles, que podestes
A voz extrema ouvir da boca fria,
O nome do seu Pedro, que lhe ouvistes
Por muito grande espaço, repetistes!

Assim como a bonina que cortada
Antes do tempo foi, candida e bella,
Sendo das mãos lascivas maltratada
Da menina, que a trouxe na capella,
O cheiro traz perdido, e a côr murchada:
Tal está morta a pállida donzella,
Seccas do rôsto as rosas, e perdida
A branca e viva côr, co' a doçe vida.

As filhas do Mondego a morte escura,
Longo tempo, chorando, memorárão:
E, por memória eterna, em fonte pura
As lagrymas, choradas, transformárão:

Et ne songeant qu'aux douleurs de sa mère,
Sans murmurer reçut le coup mortel.

Tel est Inez; le glaive l'a frappée :
Ce sein d'albâtre, où le dieu de l'amour
Plaça son trône et fixa son séjour,
Est déchiré par la tranchante épée;
Ces yeux si doux se ferment pour jamais.
Les assassins, consommant leur ouvrage,
Ne pensent plus, dans leur aveugle rage,
Que Pèdre un jour punira leurs forfaits.

Et toi, soleil que le coupable Atrée
Fit reculer loin d'un affreux festin,
Ah! tu devais reprendre ce chemin
Le jour qu'Inez à la mort fut livrée.
Et vous, échos du paisible vallon,
A qui sa voix en mourant dit encore
Le nom chéri de l'amant qu'elle adore,
En longs accents répétez ce doux nom.

Comme la fleur qui, trop tôt moissonnée,
De la beauté pare un moment le sein,
Fraîche et brillante aux rayons du matin,
Et vers le soir languissante et fanée :
De même Inez, à peine en ses beaux ans,
Descend, hélas! dans la nuit éternelle;
Sur son visage, une pâleur mortelle
A remplacé les roses du printemps.

Le Mondego, dans sa course lointaine,
N'entend partout que de triste regrets;
Tout est en deuil : des Nymphes des forêts
Les pleurs bientôt se changent en fontaine.

O nome lhe pozérão, que inda dura,
Dos amores d'Inez, que alli passárão.
Véde que fresca fonte rega as flores.
Que lagrymas, são a agua, e o nome, amores.

CAMÕES.

Ce monument dure jusqu'à ce jour ;
Dans tous les temps, mille fleurs l'environnent ;
Et ce beau lieu, que des myrtes couronnent,
S'appelle encore la fontaine d'amour.

FLORIAN.

ODES.

NEPTUNO AOS PORTUGUEZES.

As armadas undivagas provoão
  Os mares das Antilhas,
E as praias, n'outro tempo, descampadas:
  Aqui d'Estaing, sem mêdo,
Alli Rodney ditoso, de Amphitrite
  As planicies retálhão.
Já, á vista das bandeiras inimigas,
  Os animos accesos,
Sôltas as vélas, os canhões troando,
  De cem Vulcaneas bocas,
Sahe a Morte, em pelouros desparzida;
  E as rochas pontiagudas,
Que a borda encréspão das patentes ilhas,
  Estremecem co'o estrondo
De bronze rouco, que rimbomba, e brama.
  As trepidantes águas,
A's plácidas cavernas crystallinas,
  Denuncião os sustos:
Já, co'os verdes cabellos destrançados,
  Espavoridas fogem
As Neréas, no fundo mar, que freme.

  Agastado Neptuno
Sacode a rédea aos bipedes cavallos;

ODES.

NEPTUNE AUX PORTUGAIS.

Les flottes rivales ont peuplé les mers des Antilles et ces plages autrefois solitaires. Là d'Estaing au cœur intrépide, ici l'heureux Rodney, sillonnent les plaines d'Amphitrite. A la vue des pavillons ennemis, les courages bouillonnent, les voiles se déploient, l'airain des combats tonne, et de cent bouches enflammées, jaillit la mort en mille globes ardents. Les rochers sourcilleux, remparts de ces grandes îles, frémissent aux éclats du bronze qui détone et mugit..... Les flots tremblants portent l'épouvante jusqu'au fond de ces grottes paisibles où les feux du cristal étincellent ; et, laissant tomber d'effroi leurs vertes chevelures, les Néréides se réfugient dans les abimes profonds de l'Océan qui gronde.

Pâle de courroux, le dieu des mers secoue les rênes de ses humides coursiers, et, debout sur son char, il promène

E, em pé, na crepa concha,
Pelo azul campo, os olhos estendendo,
Busca emvão as afoutas,
Lusas náos, cubiçosas de conquistas.
Vê Lizes, vê Leopardos,
Raros, outrora, nos confins do Océano,
Tremolar hoje ovantes,
Desde a frigida Thule, ao roixo Ebo;
E o Bátavo pesado,
Na cheirosa Ceilão, rica Maláca,
Promulgar leis lucrosas.

«Netos do Gama, Netos de Alboquerque,
(E arranca alto suspiro
Neptuno, que assim brada) envergonhai-vos.
Que é do trisulco sceptro,
Que entreguei ao valente Aventureiro,
Que arou primeiro, ousado,
O ignoto mar da apovanada Aurora?
Aquellas Argos lusas,
Cheias de Heroes, que a mauritana escola
Creara, e endurecéra;
Já não trilhão meu reino, desenvôltas?
Os braços alargando,
O sancto Gunge, o saudoso Euphrates
Vos chamão, vos acenão;
E co' as preciosas praias vos convidão.

«Perdeis da adusta Mina
O bem-ganhado aurifero dominio?
Desamparaes imbelles
Dabul, Cochim, a estranhos mercadores?
E essas terras outrora
Cobertas de triumphos portuguezes;

au loin sa vue sur les plaines azurées..... Hélas! il cherche en vain les vaisseaux de Lusus, ces vaisseaux autrefois affamés de conquêtes. Il voit les Lys, les Léopards, ces bannières si rares aux confins du vaste Océan, aujourd'hui flotter triomphantes, depuis la froide Thulé jusqu'aux rivages de l'Orient enflammé; il voit le lourd Batave proclamer des lois opulentes dans l'odorante Ceylan, dans la riche Malaca.

«Postérité de Gama! fils d'Alboquerque (ainsi parle Neptune, et de son sein oppressé s'échappe un profond soupir)! rougissez, rougissez de honte! Qu'avez-vous fait de ce trident confié par mes mains au hardi mortel qui, le premier, sillonna cette mer inconnue, toute fière des riches couleurs de l'Orient? Rivaux audacieux de la nef des Argonautes, et chargés de héros endurcis aux rudes travaux de l'école africaine, on ne voit plus vos navires voguer en conquérants sur mes humides royaumes. Le Gange sacré, l'Euphrate, ami des chants mélancoliques, vous ouvrent encore leurs vastes bras : voyez! ils vous appellent, ils vous offrent de nouveau les trésors de leurs plages opulentes.

«Vous perdez l'empire de la brûlante Mina, cette terre natale de l'or, subjuguée jadis au prix de vos sueurs et de votre sang! Peuples dégénérés! vous abandonnez à des marchands étrangers et Dabul et Cochin, et ces régions toutes couvertes autrefois des trophées du Portugal! Vous souffrez que les pavillons du Nord dominent avec orgueil sur cet

E o verde imperio meu,
Que tingieis de sangüe, a cada passo,
Consentireis surcado
De sármatas cimmérias, daces quilhas ?

«*A cinza dos Pachecos*
Pediu vingança ! E os Fados mais-que-justos
Cobrirão de cegueira
Os olhos veladores do Govérno.
Trajada de virtude,
Pregoando zêlo (oh dias desditosos)!
Tomou a Ignorancia,
Nas mãos, as chaves do Estados lusos :
Mal-avisado Zêlo,
Na Asia, e na Europa levantou fogueiras;
E as sevas labaredas,
Crestando as azas do liberto Engenho,
Mirrhárão, sem regresso,
Da lusa glória as gradas esperanças.

«*Aqui perdeis Molucas,*
Alli Ormuz, Barém, Bornéo, Semátra.
Eis o oriental Tridente
Vos começa a cahir das mãos inertes.
Elysia, abaixa os olhos,
Os olhos de taes mágoas quebrantados.
Eis vão as boas Artes,
Mimosos gômos de alumiados tempos,
Fanar-se ao sécco sôpro
Da pedante scholástica doutrina.
Lá vai o incauto Môço
Dar ao alfange o collo da Nobreza,
Nas africanas costas.
Que lugubres desastres não rebéntão

Océan dont tous les flots furent rougis du sang de vos ennemis !

« La cendre des Pachecos a demandé vengeance ! et les
destins (ô justice bien dure !) ont frappé d'aveuglement les
yeux de vos rois. Empruntant les traits de la vertu, prêchant
les excès d'un faux zèle (ô jours malheureux !....), l'Ignorance
a saisi les rênes de l'empire de Lusus. Un fanatisme imprévoyant et barbare a couvert de bûchers l'Europe, l'Asie; et
les flammes impitoyables, brûlant les ailes du génie indépen-
dant, ont flétri sans retour les glorieuses destinées pro-
mises à la patrie !

« Vous perdez les riches Moluques; bientôt Ormuz, Baha-
rem, Borneo, Sumatra, vous échappent ! Voilà que le trident
oriental tombe de vos mains énervées !.... Baisse tes yeux,
ô cité d'Ulysse ! tes yeux obscurcis des larmes que t'arrachent
de si grands revers. Vois les beaux-arts, vois ces germes brillants des siècles éclairés, se faner au souffle desséchant des
vaines doctrines et du pédantisme de l'école; vois ton jeune
et imprévoyant monarque livrer, sur les plages africaines,
ta valeureuse noblesse au cimeterre du Maure !.... O combien d'infortunes, que de désastres, n'ont pas jailli de cette
source empoisonnée !.... C'en est fait ! les arrêts du Destin
s'accomplissent sur une aveugle postérité. Opprobre éternel
de nos armes triomphantes ! Les Lions affamés d'or ont sub-

De empeçonhado tronco !
As ordens do Destino se comprião
Na linhage imprudente ;
E ás garras dos Leões auri-sedentos ,
As Quinas submettidas
O perennal opprobrio transpassavão
A's armas triumphantes.

« Nem pôde o novo Rei, do throno avito ,
Com vozes poderosas ,
Chamar as Artes uteis foragidas ,
Que se atroão co'o ruido
Do tambor rouco , da estouraz granada.
Eis , quando se abraçavão ,
Alviçaras reciprocas pedindo ;
E ás doutrinadas gentes
Descobrião as faces radiosas,
Nos Lyceos franqueados
Do sceptrigero Tejo, e do Mondego ;
Fanático granizo
Cahiu pesado , nos pimpolhos tenros ,
Que a seus olhos criara
Solicita a Sciencia, para ornarem
O josephino sec'lo.....

« Fôstes Lusos ; e a gloria dos Maiores
Mal doura inda os escudos
Dos descuidados Netos , té que a apague
A mão caliginosa
Da bronca Barbaria , companheira
Do ardente Fanatismo. »

jugué, ont déchiré sous leurs griffes cruelles nos glorieux étendards.

« C'est en vain que, du haut de son trône héréditaire, le nouveau roi rappelle, de sa voix puissante, les Arts utiles, qui fuient épouvantés au bruit rauque des tambours, au fracas des grenades éclatantes. Hélas! ces Arts bienfaiteurs, déjà ils s'embrassaient, ils se félicitaient de leur retour fortuné au sein de la patrie; déjà, réintronisés dans les lycées affranchis que voyaient avec amour le Tage auguste et le classique Mondego, ils souriaient aux peuples heureux qu'ils allaient combler des bienfaits du Savoir..... Aussi terrible que la grêle, le fléau des édits persécuteurs tombe de tout son poids sur ces tendres rejetons que la Science, cette mère attentive, couvait de ses regards inquiets pour l'immortel ornement du siècle de Joseph.

« O Portugal! Portugal! enfin tu as vécu, et la gloire éclipsée de nos ancêtres répand à peine un faible éclat sur les écussons de leurs fils dégénérés..... Bientôt, de sa main ténébreuse, la stupide Barbarie, cette compagne du Fanatisme aveugle, en aura effacé les dernières lueurs!.... »

Dorindo, a Musa afrouxa, e se enrouquece
De recordar, na lyra,
Os convicios de cérulo Despóta,
E os revézes da Elysia.

CONTRA A EFFEMINAÇÀO.

Aos féros golpes da Fortuna iniqua
Mal resiste o Cobarde, que em regalos
Da lauta mesa, da venal amiga
Passou sem glória os dias.

O rouco toque do tambor guerreiro
Como ouvirá constante, e os estampidos
Da róta bomba, da assoviante bala,
Na travada peleja?

Como as brigas dos ventos descompóstos,
Na assanhada campina, e os mares verdes
Rebentando na popa, desornada
De bandeira, e varandas?

Quem deslembrado da virtude, e nome
Farto busca o jantar, sem somno o leito;
Quem streméce ao roncar do mar distante,
Ao despir d'um estoque?

Esses Gamas, e Castros, que investírão
Contra agouros do Adamastor sanhudo,
Que as traições, que os perigos arrostárão
Do mar, e gente, ignótos,

Cher Dorindo! ma Muse enrouée s'épuise à raconter sur la lyre les reproches amers du despote azuré et les malheurs de Lisbonne !

CONTRE LA MOLLESSE.

Il résiste mollement aux durs assauts de l'injuste Fortune le lâche qui passe ses jours sans gloire, dans les délices d'une table somptueuse, dans les bras d'une vénale amante.

Pourra-t-il entendre sans trouble les formidables roulements du tambour guerrier, les éclats de la bombe qui crève, le sifflement des balles, au fort de l'ardente mêlée?

Verra-t-il sans effroi les combats des vents déchaînés sur les plaines humides, quand les flots mutinés tonnent avec fracas entre la poupe dépouillée de ses pavillons et de ses riches galeries?

Cet homme sans vertu, cet homme étranger à l'honneur, qui, déjà rassasié, vient s'asseoir à table et va chercher son lit sans sommeil; cet homme qui frémit au bruit lointain de l'Océan, qui pâlit devant une épée nue?

Ah! ces Gama, ces Castro, qui, bravant les augures funestes du terrible Adamastor, affrontèrent les dangers d'une mer inconnue, et les complots des nations conjurées;

Não davão culto á Embriaguez, ao Luxo,
(Idolos torpes dos ruins vindouros)
Nem pejavão as ruas, embalando-se
    Em rodantes andores.

Nem, bella Daphne, as damas d'outro tempo
Escutavão vadios, caprichosos
De insulsas modas, de ruins costumes,
    Sem merito, sem honra.

Vinhão d'Africa os seus galans, honrados
Co'as airosas feridas no semblante,
Tinctos em mauro sangue as mãos beijar-lhes
    As mãos tão merecidas.

A' MEMÓRIA DOS MEUS AMIGOS.

Qual vai honesta virgem passeiando,
Pelo campo esmaltado de boninas;
Aqui colhe a flor branca, alli a roixa,
    Que entrança no toucado.

Assim ando eu colhendo, entre amigos,
As flores das virtudes, dos talentos,
A generosa acção, o esp'rito ardente,
    Que entranço nos meus hymnos.

Que emprego ha hi mais digno dos bons versos!
Apollo, e as Musas veem mui presto ao Vate,
Com aguas da Castália, humedecer-lhe
    A desenvolta veia.

Ils ne rendaient point un culte à la Débauche, au Luxe énervant, ces viles idoles de leurs descendants dégénérés ; ils ne parcouraient pas les villes, indolemment portés sur des chars roulants avec mollesse.

Non, belle Daphné ! les dames de ces temps héroïques ne prêtaient point l'oreille à ces petits-maîtres efféminés, adorateurs stupides des Modes capricieuses, hommes sans mœurs, sans mérite et sans honneur.

Leurs amants revenaient des plages de l'Afrique, beaux des nobles cicatrices qui décoraient leur visage ; couverts du sang du Maure, ils accouraient baiser ces mains chéries qu'ils avaient si bien méritées.

AU SOUVENIR DE MES AMIS.

Comme la vierge naïve, qui erre dans les campagnes émaillées de fleurs champêtres, marie leurs couleurs blanches et purpurines, et tresse la guirlande dont elle orne ses cheveux :

Ainsi je vais cueillant, ô mes amis ! vos talents, vos nobles actions, les dons brillants de votre esprit, fleurs immortelles. que j'enlace de mes hymnes.

Quel sujet demande de plus beaux vers ! comme Apollon et les Muses volent au secours du poëte ! comme ils prodiguent à sa verve inspirée les flots de l'onde de Castalie !

Tempera-lhe uma a lyra, outra lhe afina
A voz, que ha-de entoar sagrado canto;
Phebo lhe inspira os sons, que elle bebéra
    De Jupiter supremo.

Tambem sentia influxos tão celestes,
Quando Marcia, ou Marfisa resoavão
Nas doces cordas da suave lyra,
    Dicada á formosura.

Hoje; que a mão do Tempo rigorosa
Me esfriou os ardores da aurea idade,
Só canto da amizade os sãos louvores,
    Com singela harmonia.

                      F. MANUEL.

L'une accorde sa lyre; l'autre donne un plus doux charme à sa voix qui doit entonner le chant sacré : Apollon remplit son sein de cette mélodie céleste dont il fut doté par le souverain des dieux.

Influence céleste ! je vous sentis encore, quand les noms adorés de Marfise et de Marcie résonnaient sur les cordes adoucies de ma lyre consacrée à la beauté.

Aujourd'hui l'inexorable main du Temps a refroidi cette ivresse, charme regretté de mon âge d'or ! Je ne chante que l'amitié : tous mes chants sont graves, et mon harmonie est sans art.

SANÉ.

ODE

DE M. DE LAMARTINE A F. MANUEL,

poëte lyrique portugais.

Mimosos de Calliope, eis veredas
Contrárias, duas, ante vós patentes:
Por uma, á dita ireis, por outra, á glória:
    Uma escolher vos cumpre.

Teu fado, a lei commum, Filinto, segue.
Cedo em ti rutilou a délia chamma;
Vives-te na desgraça, e estro envolto;
    E duras penas soffres!

Mas não te abaixes a invejar do vulgo
Socêgo inutil, que cioso adora;
Se os Deoses lhe concedem térreos bens,
    A nós nos coube a lyra.

Ninho teu é o mundo, e teus os evos.
Só aras nos erigem quando mortos.
Recta, a Posteridade, ao teu engenho
    Dará eterno culto.

Ao grêmio do trovão assim se arroja,
Batendo fortes azas, a aguia altiva;
E parece dizer-nos: — «Eu na terra
    Nasci. mas, no ceo, vivo!»

A *Fama* ja te aguarda; mas detem-te:
Vé quanto custa o longo templo entrar-lhe.
Jaz-lhe sentada á porta a horrorosa
    E torva Desventura.

Aqui, da ingrata Jonia o illustre velho,
Os campos neptuninos rasga afflicto.
Qual é do genio seu o egregio prémio?
    Pedir, carpindo, esmola!

Ardendo, alli, n'um fogo desditoso,
Glória e amor o Tasso expõe em ferros:
Hia colhér a palma triumphosa,
    Mas eis lh' a rouba Atrópos!

Da proscripção as victimas insontes,
Em toda parte, ante algozes, luctão:
Ah! miserrimas! Jove acaso em dôbro
    Opprime a sã virtude?

Aos ais, da lyra tua, impõe silencio:
No infortunio a virtude é que se apura.
Filho de Phebo! imprima-te a desgraça
    Um generoso orgulho.

E, que te importa, alfim, o atroz mandado,
Que longe te retem da patria amada?
Que te importa o logar aonde a sorte
    Te cave a sepultura?

Nem os tyrannos teus, nem teu exilio,
Limites podem pór á glória tua:
Ulyssea a reclama; e tu lhe legas
    Esse immortal thesouro.

Um illustre varão é lamentado :
Athenas o Pantheon abre aos proscriptos :
Coriolano fenece..... ; mas , Romanos ,
    Seu nome vindicárão.

Antes que dividisse as létheas ondas ,
Ergue Ovidio aos ceos súpplices mãos ;
E deixa ao bronco Sármata seus ossos ;
    A glória sua a Roma.

FONSECA.

TABLE DES MATIÈRES.

SECONDE PARTIE.